ANIMALES FANTÁSTICOS Y DÓNDE ENCONTRARLOS™

NOTICIAS DEL RODAJE

LAS HISTORIAS DETRÁS DE LA MAGIA

ENTREVISTAS EXCLUSIVAS ¦ ANÉCDOTAS EN ESCENA ¦ HISTORIAS INÉDITAS

JODY REVENSON

Descubre lo que hay tras las escenas secretas de la primera película y echa un vistazo a...

ANIMALES FANTÁSTICOS

LOS CRÍMENES DE GRINDELWALD

WIZARDING WORLD

HarperCollins *Español*

© 2018 por HarperCollinsEspañol
PUBLICADO POR HARPERCOLLINS
ESPAÑOL, ESTADOS UNIDOS DE AMÉRICA
WWW.HARPERCOLLINSESPANOL.COM

TÍTULO ORIGINAL EN INGLÉS:
WIZARDING WORLD NEWS
© 2018 por HarperCollins*Publishers* en Gran Bretaña
1

Texto por Jody Revenson

EDITOR DEL PROYECTO: Chris Smith | DISEÑO DE PÁGINA: Terence Caven | DISEÑO DE CUBIERTA: Holly Macdonald | GERENTE DE PRODUCCIÓN: Simon Moore

HARPERCOLLINS QUISIERA AGRADECER A:
VICTORIA SELOVER, EMMA WHITTARD, MICKEY STERN, JILL BENSCOTER, MELANIE SWARTZ, KATIE MACKAY, KATIE KHAN, NATALIE LAVERICK Y ROSS FRASER

ISBN 978 1 4185 9964 5

IMPRESO POR RR DONNELLEY APS, CHINA

ÍNDICE

SECCIÓN A

NOTICIAS DEL DÍA

MAGO OSCURO, TIEMPOS OSCUROS

GRINDELWALD

DEJA EXPUESTO AL MUNDO MÁGICO

LEE MÁS EN LA PAG. 72

EL MAGO OSCURO GELLERT GRINDELWALD HA ORGANIZADO VARIOS ATAQUES A LA COMUNIDAD MUGGLE EN EUROPA Y LOS MAGOS AMERICANOS TEMEN QUE LA CAMPAÑA DE GRINDELWALD PUEDA LLEGAR A LOS ESTADOS UNIDOS.

El mundo mágico en América ya tuvo que soportar la intolerancia hacia su comunidad en los juicios a las brujas de Salem, Massachusetts, en 1692. Desde entonces, se han desarrollado leyes mágicas que prohíben la interacción entre la población mágica y la no mágica, para garantizar así la seguridad de los magos. Imponen una segregación absoluta entre la comunidad mágica y la comunidad nomaj, incluyendo el matrimonio.

"De modo que las brujas y los magos del Nueva York de 1926 son muy discretos", comenta David Yates, director de *Animales fantásticos y dónde encontrarlos*. "Son una comunidad oculta. Si recorres la Quinta Avenida, es probable que te cruces con uno sin darte cuenta. En definitiva, se encuentran con una fuerza que amenaza con dejarlos al descubierto, y eso se convierte en un punto de apoyo en nuestra historia".

"Lo que Grindelwald desea es exponer al mundo mágico", explica el productor David Heyman, "y, al hacerlo, generar una guerra con el mundo no mágico. Y existe el temor de que un fascista, alguien tan intolerante como Grindelwald, solo pueda provocar dolor".

Aunque Grindelwald apenas aparece en la película, la idea subyacente de una sociedad desfavorecida y las artimañas empleadas por los políticos para aprovecharse de eso se dejan ver en la trama. "Hay temas que a Jo le han interesado desde siempre", comenta Heyman. "No creo que nos propusiéramos hacer una película política con mayúsculas. Se trata de un divertimento con temas que trascienden las épocas. Por desgracia, algunos de los asuntos que tratamos en la película son atemporales".

EL ORDEN MUNDIAL AMENAZADO

La verdad es que el nombre de Gellert Grindelwald produce temor entre la comunidad de magos, como se ha explicado en una serie de artículos que ayudan a situar la historia de *Animales Fantásticos y donde encontrarlos*. Gellert Grindelwald ha reclutado a un ejército de seguidores que comparten sus retorcidas ideas sobre la superioridad de los magos por encima de los nomajs, y que, si nadie los detiene, podrían ayudarle a hacerse con el poder sobre toda la comunidad mágica. Tras sembrar el caos en el continente, este poderoso mago oscuro se ha escabullido y no se le encuentra por ninguna parte. Si no se le detiene, sus ataques podrían provocar una guerra con los nomajs. Los ataques van en aumento, de modo que se aconseja a la población que se mantenga alerta.

ÚLTIMA HORA
PÁGINA 77

LOS OBJETIVOS DE GRINDELWALD

¿TIENE RAZÓN GRINDELWALD?

"Hay quienes opinan que es patético", dice Eddie Redmayne, que interpreta a Newt Scamander. "Imagino que los magos todavía viven escondidos. Que hay voces contrarias a los muggles. Creo que, por el momento, se respira cierto ambiente pacífico, pero Grindelwald amenaza con desbaratar todo eso. Él cree en la superioridad de la comunidad mágica sobre la comunidad muggle".

INEXPLICABLES ACTIVIDADES SACUDEN MANHATTAN

Los agentes del MACUSA sospechan que una fuerza mágica ha estado provocando destrozos en la ciudad y llamando la atención de los nomajs. Sin previo aviso, tiemblan las calles antes de explotar como si de un terremoto se tratara; los adoquines saltan por los aires, provocando desperfectos en vehículos y edificios cercanos, que quedan reducidos a escombros. Los coches vuelan de un lado a otro de la calle y, de igual forma, las tapas de las alcantarillas quedan desencajadas. Con frecuencia esta actividad va acompañada de un rugido o aullido.

Un testigo ocular de uno de estos episodios lo describe de la siguiente manera: "Fue como… como un viento o… un fantasma, pero oscuro. Yo le vi los ojos, unos ojos blancos y brillantes, como una masa oscura… y se sumergió bajo tierra, lo juro por Dios. Se metió bajo tierra delante de mis ojos".

Aunque en un inicio se creyó que esta fuerza estaba localizada en un área aislada, ya ha provocado daños en varios vecindarios, aunque especialmente en el Lower East Side y en la zona del Ayuntamiento.

SEGUNDOS SALEMITAS CONTINÚAN CON SU CAMPAÑA PARA DELATAR Y ACABAR CON LOS MAGOS

Liderada por la extremista Mary Lou Barebone, la SFNS, conocida también como "segundos salemitas", apoya los juicios originales de las brujas de Salem, que tuvieron lugar a finales del siglo XVII en Massachusetts.

"'Mary Lou Barebone es un personaje típico evangélico que cree firmemente en la existencia de brujas en Nueva York y desea delatarlas", explica David Yates. "Quiere que todo neoyorquino sepa que esas brujas existen en la ciudad. Los Barebone representan ese margen extraño e inquietante de la historia que en realidad es la propia historia".

Ezra Miller, que interpreta a Credence Barebone, el hijo mayor adoptado de Mary Lou, describe a los segundos salemitas como "motivados por el mal. Cuando leí el guion, fue como la culminación de muchas de las ideas que han estado presentes de manera sutil en los trabajos anteriores a este. [J.K. Rowling] toma ideas generales y las reduce a su quintaesencia en una historia en concreto. Creo que domina ese arte con maestría".

"Mary Lou es un personaje muy importante porque persigue a los magos", dice Rowling. "Por fuera es una mujer amable. Da de comer a los niños pobres de la calle. Pero en realidad es increíblemente violenta".

MALAS VIBRACIONES

"Creo que las malas vibraciones que transmite Mary Lou Barebone ocuparán un lugar destacado", dice Ezra Miller. "Samantha ofreció una interpretación increíblemente malvada, sí, pero también increíblemente compleja, moralmente ambigua y muy realista".

VIAJE TRANSOCEÁNICO

DETRÁS DE LOS BAREBONES

Mary Lou Barebone, interpretada por Samantha Morton, en efecto parece una mujer amable que da de comer a los niños pobres sin hogar a cambio de su ayuda para distribuir su propaganda contra la comunidad mágica. Ha adoptado tres niños: Credence, Chastity y Modesty. "No están emparentados entre ellos", dice Jenn Murray, que interpreta a Chastity, "y han acabado viviendo juntos en una iglesia. No tienen dinero. Creen firmemente en su fe y consideran que 'si no sigues nuestro camino, estás equivocado y te sucederán cosas malas'". Murray se queda corta cuando dice que la familia tiene una "relación complicada. Están muy unidos unos a otros y, sin embargo, se encuentran todos muy aislados".

"Esta película posee cierta oscuridad", asegura Eddie Redmayne. "Cierta brutalidad. El tema de la represión y la segregación, y lo que sucede cuando te ves obligado a reprimir cosas… todo eso me resultó muy conmovedor".

VÉASE COBERTURA ADICIONAL
EN LA SECCIÓN D
EL EMBLEMA DE LOS SEGUNDOS SALEMITAS SEÑALA SU FUERTE VOLUNTAD

EL HERMANO DE THESEUS SCAMANDER LLEGA AL PUERTO DE NEW YORK

Recién llegado a Nueva York, Newt Scamander, un autodenominado "magizoólogo", se encuentra en la actualidad redactando un libro sobre animales fantásticos. Scamander viene de Inglaterra, donde las restricciones sobre criaturas mágicas son mucho más suaves. ¿Quién es Newt Scamander? Nacido en una respetable familia de magos, Newton Artemis Fido Scamander asistió al Colegio Hogwarts de Magia y Hechicería (casa Hufflepuff), pero fue expulsado antes de graduarse. Durante la Gran Guerra, trabajó con Ironbellies ucranianos en el frente oriental. Los lectores conocerán a su hermano mayor, Theseus, héroe de guerra y auror en el Ministerio británico de Magia. Recientemente, el menor de los Scamander ha pasado un año documentándose para su trabajo.

El personaje de Newt Scamander nació como autor de un libro llamado *Animales fantásticos y dónde encontrarlos*, escrito por J.K. Rowling para recaudar dinero para Comic Relief en 2001. "Durante el proceso de escritura de ese libro de texto, empezó a interesarme mucho el supuesto autor, Newt Scamander", dice Rowling, "y de todos

CONTINÚA EN LA PÁGINA 11

LA "INVESTIGACIÓN" DEL AUTOR CANALLA ¿SUPONE UNA AMENAZA?

"ÚNICAMENTE QUIERE VOLVER A METER A LAS CRIATURAS EN SU MALETA Y LARGARSE DE AHÍ", DICE DAVID YATES.

Cuando comienza la historia, "Newt ha estado viajando por el mundo estudiando a las criaturas mágicas", explica Rowling. "Su ambición es escribir *Animales fantásticos y dónde encontrarlos*. Quiere que la gente entienda lo increíbles que son esas criaturas y desea educar al público para que no las mate. Puede parecer una empresa muy loable, pero, como Newt es así, cada vez que encuentra una criatura herida o en peligro, no puede resistir llevársela consigo.

"Newt es la única persona que tiene ese trabajo en todo el mundo mágico", dice el director David Yates, "porque en realidad nadie piensa que relacionarse con animales fantásticos sea buena idea: ¡son peligrosos y algunos podrían matarte!".

ENFRENTARSE A LO DESCONOCIDO

Durante el viaje de Newt, se ve expuesto a los prejuicios y al secretismo que impregnan la comunidad mágica de Norteamérica. "Se ha metido en una situación que no entiende en absoluto", dice Rowling. "Algo que tiene implicaciones para todo el mundo mágico. En realidad no entiende cómo funciona aquí la magia y abre por accidente una maleta de criaturas mágicas en mitad de Nueva York, en el lugar más hostil donde podría haberlo hecho", continúa. "Ha metido la pata a lo grande, y eso resulta muy divertido de escribir".

Pese al peligro, Newt se siente mucho más cómodo con las criaturas que con los seres humanos. "Se siente un poco ajeno al mundo que le rodea", continúa Rowling. "Sin embargo, en el mundo animal se siente como en casa".

Rowling explica que Newt procede de una familia muy vinculada al Ministerio que solo piensa en ascender y obedecer la ley. "Pero a él no le gusta la autoridad", dice Eddie Redmayne. "No le gustaba el Ministerio cuando trabajaba allí. Él es su propio jefe y siempre lo ha sido. Ve la magnificencia y la inteligencia de estos animales y cree que la comunidad mágica, con la formación adecuada, podría aprender a convivir con ellos y a apreciar lo extraordinarios que son".

> UNA PARTE DE ÉL ESTÁ TRISTE
>
> – EDDIE REDMAYNE

"Lo que me gusta de Newt es que se trata de un tipo apasionado", continúa Redmayne. "Tiene sus propios intereses y vive su propia vida. Tiene sus propios planes. No le gusta complacer a la gente". (De hecho, en un momento dado, Newt le dice a Jacob: "Incomodo a la gente"). "Se siente bien estando solo o en compañía de sus animales. A lo largo de la película te das cuenta de que, pese a lo emocionante y maravillosa que es su vida, hay algo que le falta. Una parte de él está triste. Uno de los asombrosos viajes que realiza durante la película trata del contacto humano. Está aprendiendo a ser él mismo".

VIENE DE LA PÁGINA 9

los personajes de Harry Potter que eran solo un nombre, él fue el único que empezó a cobrar vida en mi cabeza". Cuando WB y Lionel Wigram, productor ejecutivo de las últimas cuatro películas de Potter, acudieron a J.K. Rowling con la idea de convertir el libro en película, ella empezó a pensar en la historia de Newty y doce días más tarde, ya había escrito un primer borrador del guion.

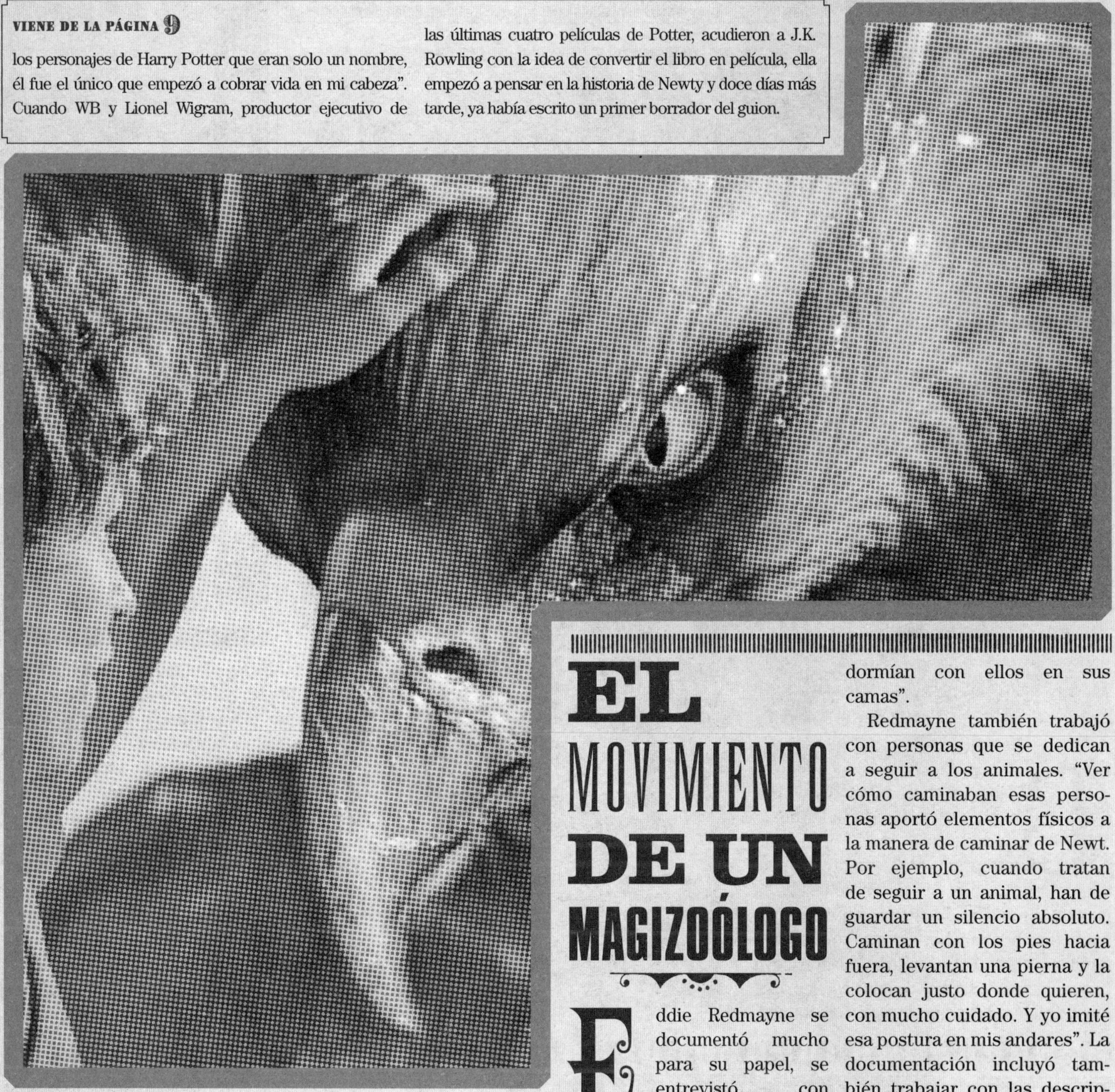

EL MOVIMIENTO DE UN MAGIZOÓLOGO

Eddie Redmayne se documentó mucho para su papel, se entrevistó con zoólogos y empleados de safaris. "Todos hablaban con pasión sobre sus técnicas y sus métodos", rememora. "Conocí a personas encargadas de la crianza de los animales, y me contaron que, por ejemplo, cuando nacían cachorros, literalmente dormían con ellos en sus camas".

Redmayne también trabajó con personas que se dedican a seguir a los animales. "Ver cómo caminaban esas personas aportó elementos físicos a la manera de caminar de Newt. Por ejemplo, cuando tratan de seguir a un animal, han de guardar un silencio absoluto. Caminan con los pies hacia fuera, levantan una pierna y la colocan justo donde quieren, con mucho cuidado. Y yo imité esa postura en mis andares". La documentación incluyó también trabajar con las descripciones que J.K. Rowling había escrito en el guion. "Escribió que, cuando se ve a Newt caminando por las calles de Nueva York por primera vez, se da un 'aire a [Buster] Keaton. Con un ritmo diferente a quienes le rodean'. ¡Y yo intentaba entender qué significaba eso!".

¿ALGUNA VEZ TE HAS PREGUNTADO CÓMO VISTE UN MAGIZOÓLOGO PARA DOCUMENTARSE?

LEE

ESTILO CAMPESTRE: EL ABRIGO

EN LA SECCIÓN C, PÁGINA 38

ESCÁNDALO EN UN BANCO NOMAJ

EFICACIA COMPROBADA

El interior de la primera planta del banco se rodó en el Martins Bank de Liverpool, que tiene altas columnas de mármol en color crema, rojo y marrón, con ventanillas doradas para los cajeros. Para escoger la localización del banco, el diseñador de producción Stuart Craig utilizó los mismos principios que había aplicado al usar la Australia House de Londres para recrear Gringotts Bank. "Los bancos, entonces más que ahora, pretendían impresionarte con su magnificencia e inspirar confianza". Martins tiene todo eso y más.

"Cuando vemos a Jacob por primera vez, ha regresado de la guerra", dice Dan Fogler, que interpreta al aspirante a pastelero. "Es como el último en volver de la guerra, como si nadie le hubiera dicho que había acabado. Y ahora quiere formar una familia y abrir una pastelería". Jacob lleva una maleta con algunos de sus pasteles para mostrárselos al encargado de los préstamos, el señor Bingley (Peter Breitmayer). "Sabe que si Bingley prueba uno de los pasteles, conseguirá el préstamo". Mientras tanto, Newt ha seguido al escarbato hasta el banco y conoce a Jacob mientras este espera su cita. Newt lleva una maleta idéntica, salvo que la suya está llena de criaturas mágicas.

Jacob no consigue el préstamo, pero ha recogido un huevo de occamy que Newt se dejó en el banco, y el huevo está empezando a eclosionar. El escarbato, entretanto, ha estado deambulando por el banco, provocando el caos mientras busca cualquier cosa brillante; los escarbatos agarrarán o robarán cualquier objeto brillante que llame su atención y lo guardarán en la bolsa que tienen en la tripa, que puede albergar una cantidad considerable. Newt no sabe si recuperar el huevo o atrapar al escarbato, y toma la decisión de agarrar a Jacob y desaparece con él por una escalera subterránea. "En este momento", dice el director David Yates, "revelamos que Newt Scamander, ese hombre que ha llegado a Nueva York en 1926, en realidad es un mago".

Newt se lleva a Jacob consigo en su intento por capturar a su criatura cuando

CONTINÚA EN LA PÁGINA 14

CÓMO ANIMAR ANIMALES

Para las películas de Harry Potter, las criaturas fueron concebidas por artistas de desarrollo. Después sus imágenes se convirtieron en maquetas en tres dimensiones, con colores y texturas. Las maquetas fueron escaneadas para que los artistas de efectos visuales les dieran vida utilizando movimiento y expresión. Animales fantásticos y dónde encontrarlos se saltó parte de este proceso al pasar directamente de dibujos conceptuales en dos dimensiones a versiones digitales en tres dimensiones. Para eso, se incluyó a los artistas visuales desde el principio del proyecto. "Nos dieron mucha libertad creativa desde el principio", dice Pablo Grillo, el supervisor de animación de Framestore. Grillo se encargaba del movimiento, la actitud y el diseño de muchos de los personajes. "David [Yates] se dio cuenta de lo importante que era incluir al equipo de animación desde el principio, para dar forma a las criaturas. El grado de confianza en el equipo y en nosotros era casi alarmante", bromea. "Nos encargaron supervisar cómo los animales se convertirían en personajes reales, más allá de las simples imágenes en dos dimensiones que habíamos creado". Durante varios meses, los animadores crearon para los animales diversas situaciones y momentos divertidos junto a Yates y los productores antes de seleccionar el grupo que llegaría a aparecer en la película. "Desde ahí pudimos empezar a formular actitudes y gags visuales; pequeñas peculiaridades que acabaron apareciendo en el guion definitivo, para incorporarlas después a los animales durante el rodaje. Fue un proceso increíblemente satisfactorio, sobre todo por los desafíos que teníamos ante nosotros".

PARA CREAR ANIMALES CREÍBLES, LA MAGIA SIEMPRE ESTÁ BASADA EN EL REALISMO

FUE IMPORTANTE INCLUIR AL EQUIPO DE ANIMACIÓN DESDE EL PRINCIPIO PARA DAR FORMA A ESTAS CRIATURAS.

- PABLO GRILLO

RECURSOS DE LA VIDA REAL

Para inspirarse, se recopilaron referencias fotográficas del mundo real, incluyendo topos, ornitorrincos y equidnas. "Y reunimos grabaciones de animales utilizando sus manos", explica Grillo. "Los ornitorrincos eran muy monos, siempre moviéndose, buscando comida entre el cieno y la arena". En otro vídeo aparecía un tejón. "Encontramos unas imágenes fantásticas de un tejón en Sudáfrica saqueando la casa de alguien" comenta el supervisor de efectos visuales Christian Manz. "Se notaba su insaciable deseo de comida, rebuscando en frigoríficos y armarios. Muchas de esas características animales de la vida real se plasmaron en el escarbato. Y por eso creo que tiene tanto éxito, porque es todas esas cosas".

Grillo también pidió a los animadores que buscaran en YouTube compilaciones de "fails" de animales. "Para empezar, son muy divertidos", admite. "Pero además son una manera estupenda de entender la psicología animal, que difiere de la de los humanos. Con frecuencia estos animales quieren saltar un hueco demasiado grande y calculan mal. Es un conflicto entre su deseo y lo que es capaz de hacer su cuerpo. Creo que eso aporta encanto; el conflicto entre la limitación física y el deseo".

DISEÑO GRÁFICO REALIZADO POR MINALIMA

CÓMO ATRAPAR A UN ESCARBATO

“Quién es el escarbato?”, se pregunta Eddie Redmayne. “El escarbato es la cruz que llevo a cuestas. Es uno de mis animales favoritos, pero siempre me trae problemas”. Mientras siguen al escarbato, Newt y Jacob acaban dentro de la caja fuerte del banco y están a punto de ser arrestados por robo, aunque eso es lo último que necesitan. “Todo sale terriblemente mal, y este catalizador pone en marcha una serie de acontecimientos que provocan todo tipo de caos”, dice Redmayne. “El escarbato tiene tanta personalidad que Newt no puede evitar quererlo, pese a que no para de causarle problemas. He de decir que es de mis favoritos”.

La escena del banco está basada en la relación entre Newt y el

escarbato. Los animadores tenían que lograr transmitir el hecho de que el escarbato era famoso por escaparse y robar cosas, y que Newt estaba intentando atraparlo. Tienen un pasado y, por tanto, su interacción debía dejar claro que se entendían bien el uno al otro. Esto se consiguió con miradas entre ambos y con la familiaridad de sus movimientos.

“¿Y cómo va a moverse por ese lugar sin ser visto?”, añade Pablo Grillo. “¿Cómo va a escapar de Newt? En cierto modo, te conviertes en el escarbato”. De hecho, en ocasiones se convirtió literalmente en el escarbato. Durante el rodaje, Grillo, además de diversos titiriteros, trabajó con representaciones de las criaturas mientras se preparaban las escenas. Durante los ensayos, esas marionetas proporcionaban un punto al que mirar, pero además interactuaban con los actores para que estos entendieran el tamaño, la forma, el movimiento y, lo más importante, la personalidad de la criatura. Newt no puede evitar quererlo pese a que no para de causarle problemas.

Mientras están en la caja fuerte del banco, Newt tiene que quitarle al escarbato todos los objetos brillantes que ha recolectado. Cuando se documentaba para el papel, Redmayne pasó tiempo con una zoóloga que trabajaba con una cría de oso hormiguero. “El animal se hacía un ovillo y, para que se relajara, ella le hacía cosquillas en la tripa”, comenta. “En un momento dado, el escarbato va cargado de objetos brillantes y Newt está intentando lograr que suelte las joyas. Así que acaba haciéndole cosquillas”.

NOMAJ ATACADO POR UN MURTLAP

Cuando Jacob Kowalski regresa a su apartamento en el 435 de Rivington Street, descubre que la maleta que ha llevado a casa no es la suya cuando se abren los cierres y escucha extraños gruñidos. Entonces se abre la tapa y es atacado por un enfadado murtlap.

Los síntomas de la mordedura de un murtlap para las brujas y los magos incluyen un sarpullido urticante y una menor resistencia a hechizos y males de ojo. Los nomaj que reciben la mordedura experimentan una intensa sudoración, con una reacción más seria que se manifiesta con llamas que les salen del ano.

El murtlap se describe como una criatura parecida a una rata que tiene una protuberancia en forma de anémona en el lomo, lo cual hizo que el trabajo de los artistas conceptuales fuera muy fácil. “Supongo que no hay muchas posibilidades para una criatura parecida a una rata con una anemona marina en el lomo”, bromea el artista conceptual Dermot Power. El artista visual Paul Catling no tuvo más que dibujarlo una vez para acertar con el diseño.

CONTINÚA DESDE LA PÁGINA 12

ve al escarbato entrar en la caja fuerte del banco. “Me inspiraron mucho las películas de Buster Keaton y de Charlie Chaplin de los años veinte”, dice Yates, que describe al escarbato como “un animalillo fisgón, descarado, hermoso, extraño y avaricioso al que le encantan las cosas brillantes y que tiene una relación complicada con Newt. Él siempre anda persiguiéndolo por todas partes, y el escarbato siempre trata de escaparse”.

PIERRE + PABLO = MARIONETAS

El equipo de atrezo de Pierre Bohanna creo un amplio surtido de marionetas para usar en la producción. Algunas estaban armadas para poder cambiar de postura durante una escena. Otras estaban hechas de silicona y se empleaban para las escenas peligrosas. Además, estaban las versiones de mano que se usaban como "sustitutos" de las criaturas. "Mi miedo era hacer demasiadas escenas con croma, porque tengo una imaginación muy retorcida", admite Redmayne. "Pero fue una maravilla. He tenido la suerte de trabajar con titiriteros magníficos y con Pablo, que no solo diseña las criaturas, sino que además es un magnífico actor".

DISEÑO GRÁFICO REALIZADO POR MINALIMA

EL CASO DE LAS MALETAS CAMBIADAS

SIN DARSE CUENTA, JACOB KOWALSKI Y NEWT SCAMANDER SE CAMBIARON ACCIDENTALMENTE LAS MALETAS FRENTE AL BANCO CUANDO JACOB HUÍA DE LA CONFUSIÓN DE LA ESCENA.

Jacob regresa a su apartamento, abrumado por todo lo que ha sucedido esa mañana. "Entonces abro la que creo que es mi maleta y de dentro salen todas esas criaturas", dice Fogler. "Una detrás de otra en mi apartamento, rompiendo las paredes, y cuando sale el murtlap me muerde".

Newt y Tina Goldstein, una bruja que seguía a Newt en el banco, están intentando localizar a Jacob para desmemorizarlo y se encuentran con todos los destrozos causados por las criaturas que se han escapado de la maleta de Newt. "Así que Newt me encuentra", continúa Fogler. "Se da cuenta de que 'No solo tengo que volver a meter a todas las criaturas en la maleta, sino que además tengo que cuidar de este nomaj, porque podría morir, porque le ha mordido esa cosa'. Así que me arrastran con ellos en su aventura para intentar recuperar a todas las criaturas".

Jacob Kowalski es el primer personaje importante no mágico en una historia mágica escrita por J.K. Rowling. "¿Te imaginas lo que es entrar en el mundo mágico siendo alguien que jamás ha presenciado o experimentado la magia?", dice el productor David Heyman. "Esa sensación de asombro, de lo maravilloso que es, se percibe a través de Jacob".

"Jacob es el inocente en este mundo", dice Rowling. "Se ve vinculado por accidente con este mago y, pobre de él, se embarca en una descabellada aventura de la que no debería formar parte.

"Uno de los aspectos más maravillosos de la historia es que te ves envuelto en la aventura junto a Jacob, que se cuela por accidente en esta especie de mundo extraordinario", dice el director David Yates. "Todos somos Jacob. Experimentamos muchas de estas cosas desde su punto de vista, y de hecho es un punto muy bueno". Yates recuerda que fue difícil encontrar al actor que encarnara a Jacob, hasta que apareció Fogler. "Dan fue el único que leyó las frases de Jacob y nos sorprendió. Teníamos montones de actores que harían una versión muy convencional de Jacob, pero entonces llegó Dan y le dio la vuelta. Hacía cosas que eran tristes cuando deberían haber sido divertidas, y cosas divertidas cuando deberían haber sido tristes. Ese talento nos hizo pensar: 'Vaya, se va a llevar el protagonismo'".

Al actor Dan Fogler no le cabía duda de que podría identificarse con su personaje. "Yo soy Jacob. Soy Jacob cuando entra en este mundo tan mágico. Era como un niño en una tienda de caramelos".

UNA AUTÉNTICA DELICIA

Dan Fogler tiene otra razón para pensar que fue cosa del destino que interpretara a un panadero en la película. "Conocía los nombres de todas las calles por las que pasábamos y conocía el personaje muy bien, porque mi abuelo era panadero", explica Fogler. "Hacía el mejor pan de centeno de todo Nueva York; era conocido por eso". Fogler cree que su legado familiar contribuyó a que se hiciera con el papel. "Porque vieron mi grabación y dijeron: 'Ah, este tipo conoce al personaje'. Porque lo llevo en la sangre".

QUIZÁ EL CLARIÓN DE LOS NOMAJ SE LLAME "NOTICIAS DEFIAR"

EL PERIÓDICO CLARION SIGUE IGNORANDO A LOS SEGUNDOS SALEMITAS

El *New York Clarion*, periódico local nomaj, propiedad de Henry Shaw, padre del Senador de Nueva York Henry Shaw hijo, sigue negando la legitimidad de la Sociedad Filantrópica New Salem, pese a las protestas de Langdon, hijo pequeño de Shaw.

Langdon Shaw, interpretado por Ronan Raftery, está convencido de haber descubierto algo muy extraño que sucede en la ciudad. "Quiere hacer circular la noticia de que los causantes de los altercados son los magos y las brujas", explica Raftery. "Quiere que la gente entienda por qué suceden todas esas cosas extrañas en la ciudad, pero nadie le hace caso, ¡así que aparezco como un personaje bastante frustrado en todas mis escenas!". Raftery se inventó un trasfondo para Langdon, que no se ve en la película, según el cual ha estado hablando con la Sociedad Filantrópica New Salem. "Y se cree todo lo que le dicen. Así que acudo con ellos a ver a mi padre, un poderoso magnate editorial, para que destape la historia, para que la publique, para que le diga al mundo lo que está pasando en la ciudad".

Henry Shaw, padre de Langdon, está interpretado por el veterano actor Jon Voight. Henry padre no hace caso a su hijo pequeño; le preocupa más que Henry hijo sea reelegido senador. Josh Cowdery interpreta al hermano mayor que se cree superior a su hermano. En lo que respecta a Henry hijo, "soy el elegido, el niño perfecto", dice Cowdery. "Ronan interpreta al hermano pequeño que comete todos los errores y hace lo que no debe. Quiere demostrar su valía aliándose con el grupo antibrujas, que intenta utilizar el poder del periódico a su favor. Es un momento muy estresante para nosotros", continúa Cowdery. "Y entonces Langdon trae a la familia Barebone. Estamos tan alejados unos de otros como el mundo no mágico y la magia. Se ve de inmediato que estos dos grupos no son amigos". Henry hijo comete sin saberlo un error mucho mayor que el de su hermano al pedirles a los Barebone que se marchen, además de llamar "bicho raro" a Credence.

UN POLLUELO SEGUNDO SALEMITA BAJO EL ALA DE SU MADRE

Credence Barebone es “un forastero a quien se malinterpreta”, dice David Yates. “Intenta encontrar su lugar en el mundo, tiene habilidades muy especiales y le suceden cosas muy especiales”. En ese sentido, Credence se parece un poco a Harry Potter, aunque no podría estar más alejado. Colin Farrell, cuyo personaje, el auror Percival Graves, tiene una intrigante relación con Credence, lo describe como “un joven que, como muchos otros jóvenes, parece perdido en la vida, como si el mundo fuese un misterio para él, como si él mismo fuese un misterio. Graves lo guía, lo apoya y le demuestra su cariño, aunque también lo manipula un poco”.

Su madre abusa de él, le pega con un cinturón y le recuerda que su verdadera madre era una mujer perversa y antinatural.

“Todos nosotros luchamos contra los traumas”, dice Ezra Miller, “y vemos a la gente luchar de maneras más o menos serias. Para mí era importante explorar la difícil decisión de cómo esos traumas se manifestarán el resto de tu vida. Decidir si esa herida será una bendición o una maldición”.

“Creo que es curioso que algo pueda venir de un mundo de fantasía y tocar un tema tan doloroso y delicado. Y, para mí, la oportunidad de complementar eso desde las perspectivas mágica y humana fue todo un regalo”, continúa Miller. “Creo que no se puede escapar de lo que eres. Bueno, sí se puede, pero, cuando te atrapa, las consecuencias serán muy graves”.

Para Credence, “quería que pareciese una persona un tanto rígida”, explica Colleen Atwood. Para sus trajes aplicó lo que ella llama “mala idea”, vistiéndolo con un cuello alto y ajustado, con los hombros ajustados y una chaqueta que se asemeja ligeramente a la forma de un bicho. Le añadieron unos pantalones ajustados a rayas y aquello le otorgó “aspecto de marioneta”. Credence y Jacob son los dos únicos personajes de la película que no llevaban abrigo, cosa que Atwood hizo a propósito. “Hay cierta pobreza en el hecho de no llevar abrigo frente al frío, y quería eso para Credence”.

PASADO DE MODA

Bajo el sombrero de copa plana de Credence se esconde un inusual corte de pelo. “Encontré una foto en un libro de retratos francés”, recuerda Atwood. “Es casi como si alguien te afeitara la parte trasera de la cabeza con un cuenco por delante, pero con flequillo. Se la mostré a David [Yates] y dijo: ‘Sé que parece una locura, pero me encantaría que Credence llevase ese corte de pelo’”. A Yates le encantó.

Bajo el traje de Credence hay otra prenda más. “Como seguro que os lo estáis preguntando, llevo puesta ropa interior de los años veinte”, dice Ezra Miller. “Solo para mí, para saber que es real. Quería compartirlo”, agrega entre risas.

UN SIMPLE TONTORRÓN

LA RELACIÓN ENTRE JACOB Y NEWT CAMBIA SEGÚN AVANZA LA HISTORIA.

Al principio, Fogler pensaba en Jacob como el sherpa de Newt. "Soy su guía por la ciudad, porque él no conoce muy bien Nueva York". Después Fogler comenzó a verlos como Sherlock y Watson, o como Don Quijote y Sancho Panza. "Una pareja clásica, icónica", como lo describe. "Se nutre de esos arquetipos clásicos e icónicos. Newt está como un pez fuera del agua. Es muy cerebral, muy darwiniano con sus criaturas, y Jacob es el tipo trabajador que conoce las calles. Así que nos equilibramos bastante bien en ese aspecto".

"Y luego descubrimos que no es el típico idiota", añade Fogler. "En el fondo, es un simple tontorrón, un tipo adorable. Pero, según avanza la trama, nos damos cuenta de que es una persona única". Jacob también es un catalizador para sacar a Newt de su burbuja. "Newt ha pasado mucho tiempo en la jungla, en la naturaleza, y se comunica mejor con las criaturas que con las personas", explica Fogler. "Yo le enseño a ser persona con las personas. Y Newt me presenta este mundo mágico y fantástico".

"Jacob se ve atrapado en mitad de todo esto, pero tiene muy buen corazón", dice Eddie Redmayne, "y da sentido a esto. Él representa la mirada del público cuando se ve arrastrado a este mundo".

"A Jacob le encanta hacer felices a las personas", señala Fogler. "Y disfruta cocinando para ellas. Puede que no sea capaz de hacer magia, pero prepara unos pasteles de escándalo. Eso sí que es mágico".

LA "PLAGA" DE BILLYWIG EN MANHATTAN

Cuando Newt y Tim se dirigen a casa ha de Jacob a recuperar la maleta, él ve a un billywig recorriendo las calles de Manhattan, cosa extraña puesto que son originarios de Australia. El billywig es un insecto volador y eléctrico de color azul zafiro. Los aguijones secos de billywig se emplean en pociones medicinales.

El billywig se ha escapado de la maleta de Newt, pero no ha pasado inadvertido. Al parecer, los billiwigs tienen dos tipos diferentes de vuelo: uno que se parece al de la libélula y el segundo más parecido al de un helicóptero. Los animadores tomaron como referencia las libélulas y los colibríes. El concepto final del billywig transformó las alas en una hélice. "En un libro vimos el dibujo de una mosca azul que recreamos con el tamaño de un colibrí", dice el supervisor de efectos visuales Christian Manz. "Pero sí que vuela como un helicóptero". Las moscas, que se limpian sus propias patas, también aparecen representadas cuando el billywig se acicala mientras planea.

¿QUÉ ROPA SE PONE UN NOMAJ PARA PEDIR UN PRÉSTAMO BANCARIO?
LÉASE LA ALTA COSTURA DE KOWALSKI EN LA SECCIÓN C, PÁGINA 39

SECCIÓN B

LOS ASUNTOS DEL MACUSA

PERCIVAL GRAVES: NO SE TRATA DE GRINDELWALD

Pese al incremento del nivel de riesgo de exposición mágica, Percival Graves, auror, director del Departamento de Aplicación de Leyes Mágicas y de Seguridad Mágica, asegura que los terribles ataques que asolan la ciudad no son obra de Gellert Grindelwald, un peligroso mago oscuro que se encuentra desaparecido. Según palabras textuales de Graves: "Ningún humano podría hacer lo que es capaz de hacer esta cosa"

"Graves investiga proactivamente este misterio que está provocando el caos en nueva York", dice el actor Colin Farrell, que interpreta un personaje tan enigmático como esa fuerza desconocida. "Al principio de la película no sabemos si se trata de una bestia, de un espíritu o de una entidad. Y, antes de que se desate una guerra entre magos y nomajs, desea encontrar a esa criatura que ha estado causando destrozos y acabar con ella".'

Además de la fuerza desconocida que está destrozando la ciudad, Graves también está al tanto de las maquinaciones de la Sociedad Filantrópica New Salem. "Mary Lou Barebone se muestra militante a la hora de transmitir su voluntad, no su mensaje, porque el suyo es un mensaje de intolerancia", señala Farrell. "Es intolerante con aquellos que pertenecen al mundo mágico, así que es una persecución. El personaje de Samantha Morton es quien está al frente de este movimiento para prohibir, ilegalizar y expulsar a los magos de Nueva York"

Farrell dice que su personaje está "muy arriba en la cadena de mando y su trabajo es investigar, controlar y contener a cualquiera que sea potencialmente perjudicial para los magos, que juegue con las Artes Oscuras". Confirma que también se implicaría si hubiese un ataque contra los magos por parte de los nomajs. "Pero generalmente se dedica a mantener, proteger y ratificar las leyes que hemos establecido en Norteamérica para proteger el mundo mágico. Es muy habilidoso, está muy bien entrenado y es bastante poderoso. Es muy respetado por todos. Posee información sobre hechos internos y cifras que no mucha gente posee".

"Y entonces aparece Newt Scamander, el personaje de Eddie, y todo se desarrolla a partir de ahí".

> ES INTOLERANTE CON AQUELLOS QUE PERTENECEN AL MUNDO MÁGICO, ASÍ QUE ES UNA PERSECUCIÓN.
>
> – COLIN FARRELL

CUMPLIMIENTO DEL SECRETO

Farrell cita el Estatuto del Secreto, según el cual la comunidad mágica vive escondida y en secreto, casi "como si negáramos nuestra propia existencia en relación con los nomajs, en relación con la ciudadanía normal", declara. "Ahora está sucediendo algo en Nueva York que amenaza con dejar al descubierto el mundo mágico y nos compete a la presidenta Picquery y a mí averiguar qué está pasando. Bueno, a mí me compete de un modo más activo, en las calles".

PERO, ¿QUIÉN ES ESTE CHICO? ¿QUÉ PODER TIENE? ¿POR QUÉ GRAVES LO ESTÁ BUSCANDO?

LA VISIÓN

Y el nomaj con el que Graves se reúne es alguien bastante inesperado: Credence Barebone, hijo adoptivo de la líder de la Sociedad Filantrópica New Salem. Graves ha pedido a Credence que le ayude a encontrar a un niño muy especial, un niño con un inmenso poder. Ha tenido una visión en la que Credence es quien se ganará la confianza del niño. Dice que Credence es la clave.

Graves sabe que Credence está interesado en unirse al mundo mágico, aunque no hemos visto ninguna prueba de sus capacidades mágicas. Más adelante, Graves le da esperanzas al joven al entregarle un colgante mágico con el símbolo de las Reliquias de la muerte. Le dice a Credence que, cuando encuentre al niño, lo único que ha de hacer es tocar ese símbolo y Graves acudirá junto a él. Si lo hace, le dice Graves, será muy respetado entre los magos. Para siempre.

¿Quién es ese niño, en qué consiste su poder y por qué lo busca Graves? Farrell trabajó junto a David Yates en el diseño del personaje. "Graves trabaja en un lugar donde ya lleva muchos años", explica Farrell, "así que, si hubiera algo extraño, algo que llamara la atención en su comportamiento, seguramente habría alguien del MACUSA que haría sonar las alarmas. Desconocido para quienes le rodean, sus ideales políticos y sociales están muy alejados de aquellos de los que se rodea a diario. Su verdadera ideología es algo que tal vez no sentaría muy bien en los pasillos del MACUSA".

« UNA VISITA AL MACUSA »

EL VESTÍBULO DEL MACUSA

La entrada y el exterior del MACUSA, que se encuentra en el edificio nomaj Woolworth, podrían guardar un ligero parecido con el estilo arquitectónico del Ministerio de la Magia; ambos son grandiosos e imponentes. Pero ahí termina el parecido.

"Difiere del Ministerio de la Magia de Londres en el sentido de que un mismo edificio está ocupado en dimensiones diferentes", explica la productora/guionista J.K. Rowling. "De modo que es un edificio muggle hasta que encuentras la manera correcta para entrar. Entonces cambia y te hallas dentro del MACUSA".

Rowling había visitado la ciudad de Nueva York en busca de inspiración para *Animales fantásticos y dónde encontrarlos* y le impresionó de inmediato uno de los edificios más icónicos de la ciudad. "Había estado en el edificio Woolworth y lo tenía en la imaginación", dice Rowling. "Cuando buscaba la sede central del MACUSA, pensé en el edificio Woolworth y estuve viendo fotos". En lo alto del arco de la entrada hay un búho de piedra. "No es más que una casualidad, pero a veces piensas, 'claro, por eso está ahí ese búho'", dice Rowling. "Por supuesto que es por eso". El diseñador de producción Stuart Craig también visitó el edificio y se dio cuenta de que la entrada era perfecta. "Jo se había documentado convenientemente sobre el Nueva York de esa época. Debió de verlo y decir '¡Eureka!'. Ese edificio se empezó a construir en 1905 y resulta bastante imponente de cerca". Para seguir con las casualidades, Craig había escogido el estilo gótico como principio fundamental del mundo de Harry Potter, y el edificio Woolworth está profusamente decorado con gárgolas, salamandras (que, al igual que los fénix, sobreviven al fuego) y arcos de trébol con ese estilo.

> "CREO QUE LAS FRANJAS HORIZONTALES DE MÁRMOL DE DOS COLORES QUE CONTRASTAN ENTRE SÍ PROYECTABAN UNA IMAGEN MUY FUERTE"
> **– STUART CRAIG**

Cuando se terminó, en 1913, el edificio Woolworth era el más alto de la ciudad, con doscientos veintiocho metros de altura. "Y por dentro no era muy interesante", dice Craig, "así que tuve que pensar en algo que lo hiciera especial, mágico, en definitiva". ¿Cuál fue la solución de Craig? Eliminar los pisos. "Nada más entrar hay una entreplanta donde se encuentra el vestíbulo, pero por encima de eso no hay ningún piso. El vestíbulo es un espacio abierto, con muchas ventanas, es como una amplia catedral de luz". Aquello le recordó a la catedral de Siena, en Italia, donde el interior está bañado de luz y colores oscuros.

EL MONUMENTO DE SALEM

EN RECUERDO A QUIENES ILUMINARON EL CAMINO

En el vestíbulo del MACUSA hay un solemne monumento en recuerdo a los juicios por brujería de Salem en 1692. Cinco estatuas de bronce en círculo, cuatro adultas y una niña, con expresión triste. Llevan las manos atadas con una cuerda y los pies descalzos.

Carmen Ejogo, que interpreta a la presidenta del MACUSA, Seraphina Picquery, identifica el significado del monumento como un reflejo del lugar donde está ambientada la película. "Creo que, al ambientarla en Estados Unidos, se resucita una historia muy reciente y, en ciertos aspectos, América sigue anclada en esa época. No hace tanto que los juicios de Salem tuvieron lugar en este país, y eso está muy presente en la comunidad de magos y brujas. Tener eso como telón de fondo ha permitido crear una atmósfera y un mundo que resultan aún más palpables".

En lo alto de las columnas situadas junto al monumento hay cuatro inmensos fénix dorados, símbolos de renovación. Las estatuas y los pájaros fueron esculpidos por Bryn Court.

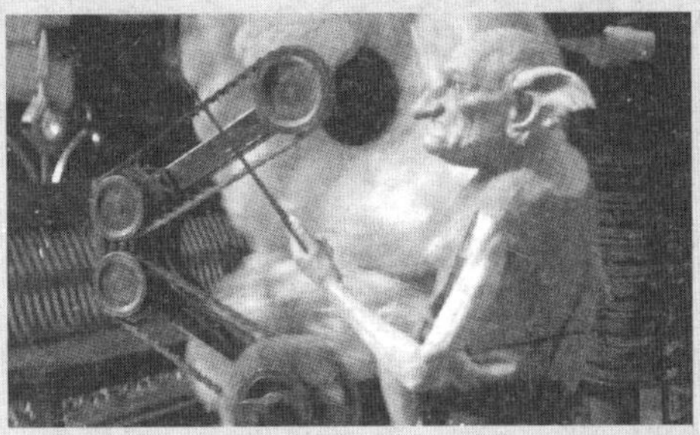

CÓMO CONSEGUIR UNA VARITA MUY BRILLANTE

"Cuando subes las escaleras hasta el vestíbulo principal del MACUSA, te encuentras con un abrillantador de varitas que funciona como un abrillantador de zapatos, salvo que no abrillanta zapatos, sino varitas", explica Stuart Craig.

"[El MACUSA] es casi como el vestíbulo de una estación", comenta Pierre Bohanna, especialista en atrezo. "Stuart quería poner algo que respetara el estilo de la época. Así que se le ocurrió la idea de poner a alguien a quien le están abrillantando la varita. Y colocó a un elfo doméstico junto a la enorme máquina industrial. Es el encargado de tomar las varitas y abrillantarlas".

El trabajo principal de limpiar y pulir lo realiza una rueda que elimina la suciedad. Después el toque final lo da una suave rueda de plumas de avestruz. "El elfo doméstico que maneja la máquina mete la varita entre las plumas, pero también el brazo", dice Craig. "Cuando lo saca, tiene el brazo brillante. No es que eso sea muy mágico, pero resulta encantador. Siempre andamos buscando pequeños accesorios mágicos que añadan un toque exótico a las actividades mundanas. Es algo muy divertido y me encanta".

DISEÑO GRÁFICO DE MINALIMA

EXCLUSIVA

INFORMACIÓN SOBRE EL NIVEL DE RIESGO DE EXPOSICIÓN MÁGICA

Colgado en un lugar destacado del vestíbulo del MACUSA se halla una especie de barómetro de cuatro caras que mide el Nivel de riesgo de exposición mágica de los nomajs frente a los magos, mediante el recuento de cazas de brujas, desmemorizaciones y exposiciones. Creado por el Departamento de Seguridad Mágica, la manecilla del marcador señala el nivel SEVERO: ACTIVIDAD INEXPLICABLE.

"Se parece al reloj de una estación", comenta la diseñadora gráfica Miraphora Mina. "Cada cara mide un metro ochenta, con revestimientos cobrizos". Mina y Eduardo Lima, directores del departamento, se documentaron viendo relojes antiguos de ayuntamientos, además de otros aparatos mecánicos construidos durante el Renacimiento. Además de diseñar las caras del medidor, el departamento gráfico también hizo bocetos de las manecillas, que después entregaron al departamento de atrezo para que lo convirtiera en un archivo. Con eso, los modelistas pudieron fabricar su versión en 3D. Trabajando juntos, el departamento de atrezo y el departamento gráfico crearon esferas con mecanismos que funcionaban de verdad.

ASÍ SON LOS DEPARTAMENTOS

LUMOS: LA OFICINA LICENCIA DE VARITAS

Un lugar para encontrar trabajo en el MACUSA es la Oficina de licencia de varitas. Se trata de un trabajo muy importante, pues todos los extranjeros deben tener licencia mientras estén en Nueva York. Esta oficina está situada en una ubicación única dentro de las instalaciones del MACUSA.

"El mayor desafío [para el MACUSA] era ser diferente, innovador", comenta Stuart Craig, "y lo que decidí fue que el trabajo se realizaría en las plantas del sótano. Hay una oficina de registro de varitas, una sala de mecanografía y celdas. Cuanto más bajas, más sacrificado es el trabajo y peores las condiciones". De hecho, en su guion, J.K. Rowling describe la Oficina de licencia de varitas como "una habitación del sótano agobiante y asfixiante. Un severo contraste con los pisos superiores. El lugar donde trabajan los casos perdidos".

El diseño para el decorado de Anna Pinnock se basaba en "las enormes oficinas de Nueva York con plantas enteras de mecanógrafas que, generalmente en los años treinta, empleaban un sistema de tuberías de succión para transferir papeles y mensajes por el edificio, de una planta a otra. En nuestro mundo, no hay oficinistas y las máquinas de escribir teclean mágicamente las respuestas a las solicitudes de varitas, que después se doblan por arte de magia y se transforman en ratas de origami".

Sobre las filas de escritorios se cuentan hasta noventa y seis máquinas de escribir. Miraphora Mina y Eduardo Lima crearon la versión plana y sin doblar del Memorandum Rodentium, así como miles de solicitudes, montones de peticiones sin abrir, cartas y sobres, todo ello pegado a mano individualmente. Hay dos escritorios que per-tenecen a las hermanas Goldstein, Tina y Queenie, y que reflejan sus diferentes estilos. El escritorio de Tina está limpio y ordenado, con cada papel en su sitio. El de Queenie es una montaña de papeles, envoltorios de dulces, maquillaje y hasta un kit de costura.

LA AUTORIDAD DE ABERNATHY

La Oficina de licencia de varitas está gobernada por Abernathy, interpretado por Kevin Guthrie. Abernathy aparece descrito por Rowling como un "estirado pomposo", lo cual queda patente en la manera en que trata a Tina. Pero este mago tiene varias caras; muestra su nerviosismo cuando está junto a su hermana Queenie, y tiene un lado claramente servil en presencia de Percival Graves.

DESCRIPCIÓN DEL PERSONAL

LOS DILIGENTES EMPLEADOS DEL MACUSA

LAS HERMANAS GOLDSTEIN

Porpentina Goldstein y su hermana pequeña, Queenie, expiden y rellenan solicitudes de magos extranjeros que se encuentran de visita en nuestra gran ciudad, como dicta la ley. Tina empezó a trabajar en el MACUSA tras graduarse en el Colegio Ilvermorny de hechicería y brujería, y estuvo trabajando como auror hasta que fue descubierta realizando magia frente a una multitud de nomajs –los segundos salemitas, para ser exactos–, lo que provocó un gran escándalo, pues se tuvo que desmemorizar a todo el grupo. Tras este episodio, Goldstein fue degradada al puesto de agente de Expedición de licencias de varita.

"A ella le encantan las reglas", dice Katherine Waterston, que interpreta a Tina. "Quiere ceñirse a ellas. Tina es muy buena como auror, pero, por desgracia, como no siempre maneja las situaciones tan bien como le gustaría, ha sido degradada en el trabajo. Es buena en su trabajo y, si logra reorientar su carrera profesional, es posible que algún día sea respetada en el MACUSA. Está orgullosa de formar parte de ello y sueña con tener éxito. Pero, si alguien está en apuros, no puede evitar ayudarlo. Se topó con algo que era más importante para ella, y por eso la encontramos sellando solicitudes en el sótano".

Y aun así Tina incumplió las reglas. "Me resultó muy conmovedor que lo único por lo que

se ve tentada de saltarse las normas sea que alguien esté en apuros", dice Waterston. "Pero, al salvar a un nomaj, se expuso como persona mágica".

Tina se fija en Newt Scamander mientras espía a los segundos salemitas delante del banco. Cuando le ve sacar su varita y desaparecer con Jacob, sabe que: primero, se trata de un mago; y segundo, algo malo está pasando. "Tiene buen instinto", dice Waterston entre risas. "No es un completo desastre".

Cuando Newt y Tina se conocen, "a ella le han cortado las alas", dice Eddie Redmayne. "Pero posee una fuerte ética laboral y está desesperada por demostrar su valía". De modo que, cuando descubre que Newt ha traído a sus criaturas a Nueva York, Tina ha de tomar algunas decisiones difíciles.

"Con Newt y con su maleta, el problema principal es que resulta mucho más fácil para las brujas y los magos esconderse del mundo nomaj que esconder a las criaturas mágicas, sobre todo cuando estas andan sueltas por la comunidad no mágica", explica ella. "Así que esa es la principal amenaza". Waterston cree que es el mismo principio que se aplicaría si los animales del zoo, como un león o un elefante, anduviesen sueltos por la ciudad. "Sería desastroso", explica. "Arrasan con todo, rompen cosas, podrían hacer daño a la gente. Durante casi toda la película, Tina se imagina lo peor que podría ocurrir".

"A TINA LE ENCANTAN LAS REGLAS".
– KATHERINE WATERSTON

Lo peor que podría ocurrir incluye la exposición a la comunidad nomaj. "En América, como queda establecido en la película, nos han enseñado que las criaturas mágicas son algo malo", continúa Waterston. "No deberíamos tenerlas, en América no, y mucho menos sueltas por ahí. Está desesperada por recuperarlas". Durante sus interacciones con los animales cuando van localizándolos, Tina empieza a apreciarlos de otro modo, igual que empieza a apreciar a Newt. "De modo que, cuando la cosa se pone difícil, vuelve a saltarse las normas y ayuda a alguien que está en apuros".

DESCRIPCIÓN DEL PERSONAL

LA VIDA CON UNA LEGILIMENS

Queenie Goldstein, la hermana pequeña de Tina Goldstein, es una legilimens desde que nació. "Tiene la capacidad de leer la mente", explica Alison Sudol, que interpreta a Queenie. "Y sabe lo que le sucede la gente. Es una magia que lleva dentro. No consiste solo en leerle a alguien los pensamientos", explica. "Puede ver la historia de una persona, puede ver sus objetivos. Literalmente, puede ver todo lo que no quieres que se vea, hasta el fondo".

"Es una persona con una empatía mágica", continúa Sudol. "Así que, aunque puede hacer magia con su varita, gran parte de su magia es interna, lo que la convierte en una bruja diferente".

"Queenie es una mujer a la que siempre se subestima", dice J.K. Rowling. "Eso puede deberse en parte a que su comportamiento es tranquilo y despreocupado. Tiene una belleza interna y externa con la que brilla. Las habilidades de Queenie como legilimens no son infalibles, y pueden darle problemas, no siempre saca las conclusiones adecuadas de lo que lee, así que comete errores con la gente", explica Rowling.

Sudol describe a Queenie como una chica "divertida, alegre, de espíritu libre… y a la vez es muy tranquila, porque siempre está conectada con la gente. Como legilimens, Queenie es muy sensible, por supuesto, pero también es un espíritu juguetón. Carece de vergüenza, y eso es maravilloso. Es muy consciente de sí misma y al mismo tiempo no lo es. Le apasiona verse inmersa en una aventura; las cosas que asustarían a la mayoría de las personas a ella le divierten. Es un personaje bastante interesante para interpretar; muy vivaz y alegre, pero al mismo tiempo muy centrada y consciente"

> "CARECE DE VERGÜENZA, Y ESO ES MARAVILLOSO".
> – ALISON SUDOL

¿Cómo visten las brujas en la Oficina de licencia de varitas?

DESCÚBRELO

LA MODA GOLDSTEIN EN LA SECCIÓN C, PÁGINA 39

DE UN PASADO TRISTE SALEN UNAS HERMANAS FUERTES

Queenie y Tina tienen un vínculo muy profundo, al haber quedado huérfanas siendo muy pequeñas. "Tina y Queenie forman una familia", dice Alison Sudol. "Lo son todo la una para la otra".

"Es bonito ver cómo se identifican la una con la otra", asegura Katherine Waterston. "Y, claro, lo que hizo que estuvieran tan unidas fue algo realmente doloroso". Los padres de las hermanas Goldstein murieron de viruela de dragón cuando eran unas niñas. "Su relación se siente más que verse. Pensé que eso demostraba el talento y la inteligencia de Jo como guionista, saber que no siempre tienes que expresar el sentimiento abiertamente. Me encanta que sean tan importantes la una para la otra y que se cuiden entre ellas".

"Para Queenie es muy fácil

> "NO HACE FALTA DEMOSTRAR LO MUCHO QUE QUIERES A ALGUIEN SI LE QUIERES LO SUFICIENTE".
>
> **- ALISON SUDOL**

querer a Tina", dice Sudol. "Entre ellas existe un tipo de amor que nada podrá cambiar, y eso es precioso. No hace falta demostrar lo mucho que quieres a alguien si le quieres lo suficiente, y eso es lo que pienso de Tina y de Queenie".

Una de las primeras escenas que las actrices rodaron juntas fue en la que Tina lleva a Jacob y a Newt a su apartamento y les ofrece algo de cenar. "Lo increíble y descabellado de trabajar en el cine", dice Waterston, "es que a veces acabas de conocer a una persona y entonces tienes que interactuar con ella en un espacio como si lo hicieras todos los días. Así que tratamos de imaginar cómo prepararían juntas la habitación, de qué tareas se encargaría cada una". Queenie parece encargarse de la cocina. "Así que yo ponía la mesa con mi varita", continúa Waterston. "Incorporamos el gesto supersticioso de echarse sal por encima del hombro para que el público se hiciese una idea de cómo es su vida en común". Las hermanas también discuten con familiaridad; Queenie regaña a Tina por haber tomado solo un perrito caliente para comer y Tina responde con un "No me leas la mente". Waterston lo describe como una "manera un tanto bruja que tienen las hermanas de relacionarse".

"Su mundo es muy aislado e íntimo", añade. "No suelen tener invitados, de modo que esto es excepcional, lo cual añadía un toque más. Fue muy divertido encontrar la manera de mostrar al mismo tiempo las experiencias íntimas y las nuevas".

Aunque su personaje es mayor, Katherine Waterston siente que ambas son como un padre o una madre para la otra en ocasiones diferentes. "Y yo soy más el padre y ella es más la madre. Queenie tiene un lado generoso y maternal. Cocina de maravilla. Y quizá, en su soledad, hayan adoptado esa rutina en la que yo soy quien lleva el pan a la mesa y ella es quien plancha. En cierto modo es una relación anticuada: son la madre y el padre que perdieron. Además existen facetas en ellas que creo que no se han desarrollado lo suficiente, porque nunca pudieron ser niñas. Así que, de alguna manera, son como dos niñas pequeñas en sus literas, y tal vez parte del viaje de la película consista en hacerles descubrir su verdadero lugar en el mundo".

SECCIÓN C

MODA Y HOGAR DE EL MUNDO MÁGICO

TODOS LOS VESTIDOS PARA EL INVIERNO EN NUEVA YORK

EL DIRECTOR DAVID YATES ENCARGÓ A COLLEEN ATWOOD DAR AUTENTICIDAD A LA ÉPOCA.

"Quería que se palpara de verdad la energía frenética de Nueva York, y la sensación de alguien que entra en ese mundo procedente de un lugar diferente", dice Atwood. "Que se sienta de verdad la textura de la explosión que supone Nueva York; personas de todo tipo, procedentes del todo el mundo, que se juntan y forman una ciudad".

A Atwood le hacía mucha ilusión diseñar el vestuario de una película ambientada en los años veinte. "Fue una época loca de excesos en todos los sentidos. Estaba instaurada la Ley Seca, pero la gente bebía y hacía fiestas; era algo muy intenso. La intensidad de la época me llamaba la atención. Fue el principio del jazz como expresión musical popular. Me encanta el peinado, el maquillaje y el estilo".

Vestir a los extras también le resulta una parte muy divertida del proceso de diseño. "Con la multitud puedes hacer cosas que no puedes hacer con los protagonistas; no es como crear un personaje al que ves escena tras escena. Tienes un poco más de libertad. Puedes dar un toque por aquí o por allá, algo diferente a lo que haces con los protagonistas".

VESTUARIO DE LOS EXTRAS

Para Atwood, los extras del fondo son tan importantes como el reparto principal. "Para mí, las personas del fondo son parte de la historia y me preocupo por ellas, sobre todo en una historia como esta. Son la paleta que marca el tono de color de los protagonistas y del mundo".

ESTILO CON SERAPHINA:

VISTE COMO LA PRESIDENTA DEL MACUSA

La imponente Seraphina Picquery, presidenta del Mágico Congreso de Estados Unidos, desprende un estilo poderoso, tanto con su autoridad como con su atuendo. Uno de sus trajes más llamativos es el vestido que lleva durante la asamblea de la Confederación Internacional de Magos celebrada en la Cámara del Pentáculo. Atwood cree que el vestido largo, con mangas y falda acampanadas, adornado con el emblema estilizado del ave del trueno, supone el "momento más importante" de Seraphina.

Para su atuendo diario, Picquery, interpretada por Carmen Ejogo, lleva un traje tres piezas de raya diplomática compuesto por chaqueta, chaleco y falda. Atwood pasó por lo que denomina su "proceso de descubrimiento" con los trajes de Picquery, sobre todo para las escenas finales, cuando Picquery y los aurores pelean en el metro de Nueva York. "Pensé que un vestido quedaría extraño cuando está con los aurores, que visten pantalones y abrigos de cuero", dice la diseñadora. "De modo que creé un pantalón con falda en la parte delantera". Eso va en consonancia con el uniforme de los aurores, pero al mismo tiempo la distingue de los demás.

UN PROCESO DE DESCUBRIMIENTO

Algo especialmente llamativo en el vestuario de la presidenta son los turbantes que lleva. En las primeras etapas del guion, se decía que venía de algún país de África. Así que Atwood elaboró varios conceptos iniciales echando un vistazo a los turbantes de África occidental, pensando: "Son geniales". El director David Yates estuvo de acuerdo con ella cuando le mostró la idea. "Dijo que sería fantástico para Seraphina". Atwood diseñó un turbante más formal para la oficina y otro para el exterior, pero tiró la casa por la ventana con el tocado que luce en la Cámara del Pentáculo, con capas y capas de flores doradas de seda.

En opinión de Ejogo, "Colleen es un auténtico genio. Sabe lo que quiere, pero a la vez está abierta a incorporar nuevas ideas; agradece que los actores puedan contribuir con algo". Ejogo quería enfatizar que era zurda. "Así que pensé que los anillos podrían ser una de las características de Seraphina". A Atwood le encantó la idea, "¡y sin darme cuenta estaba llena de anillos!", dice Ejogo.

VISTE COMO EL DIRECTOR DE SEGURIDAD MÁGICA DEL MACUSA

Farrell advirtió que él no tenía cambios de traje. "Solo tenía dos opciones: quitarme el abrigo o dejármelo puesto".

COMO DIRECTOR DEL DEPARTAMENTO DE APLICACIÓN DE LEYES MÁGICAS, REPUTADO AUROR Y DIRECTOR DE SEGURIDAD MÁGICA DEL MACUSA — BÁSICAMENTE ES LA MANO DERECHA DE LA PRESIDENTA PICQUERY — PERCIVAL GRAVES VISTE DE ACUERDO CON SU PUESTO Y SU PODER.

"Percival Graves es el mago definitivo", dice Colleen Atwood, "de modo que quería elevar su vestuario al nivel de elegancia de los años veinte, con un toque de glamur y fantasía". Atwood quería darle poder en cierto modo, así que exageró sus características. "Le puse unas botas altas y unas hombreras anchas. Además quería darle un aspecto ligeramente dandi, así que empleé chaleco, cuello alto y tirantes".

Atwood utilizó una mezcla de cachemir y lúrex. El lúrex, como tejido, está hecho de hilos metálicos que le dan un brillo sutil. "Así que brillaba un poco, pero no como para parecer ostentoso. Lo suficiente para darle ese toque especial que a mí me gusta".

"Mi traje era genial", dice Colin Farrell. "Un abrigo largo que casi parecía una capa. No era una capa, pero casi". Atwood lo vistió de un modo que ella denomina "estilo clerical", en blanco y negro. "Como mi pelo", bromea Farrell. "Pero tenía cierta cualidad eclesiástica que va más allá de la ropa. Representaba la estructura de su vida, sus propias ideologías, sus creencias y su disciplina". Parecido a Severus Snape en las películas de Harry Potter,

LA MODA GRAVES

Graves lleva lo que podría considerarse lo más parecido a las túnicas que estamos acostumbrados a ver en las películas de Harry Potter. "No creí que fuese necesario crear una túnica para este papel. Pero quería que su abrigo tuviese vuelo", dice Colleen. "Hablé con él sobre lo que iba a hacer en la película, sobre cómo se movería en ella, y basándome en eso diseñé un abrigo muy sobrio, pero con algo llamativo en el dobladillo".

REPORTAJE DE MODA:

La Confederación Internacional de Magos, que se ha reunido hoy en la Cámara del Pentáculo del Mágico Congreso de Estados Unidos, ha acogido a embajadores y administradores mágicos de países de todo el mundo.

En algunas ocasiones, en las películas de Harry Potter, pudimos ver el amplio espectro de magos que trabajan en el Ministerio, sobre todo en *Harry Potter y la Orden del Fénix*, pero casi todos los trajes tenían ese aspecto típico de Dickens que utilizó Judianna Makovsky en *Harry Potter y la piedra filosofal*. La reunión de la comunidad mágica internacional en la Cámara del Pentáculo en *Animales fantásticos y dónde encontrarlos* nos dio la oportunidad de mostrar una faceta más amplia del mundo mágico.

“Hay una escena que tiene lugar en una cámara interior que se parece un poco a la Cámara de los Lores”, dice Colin Farrell. “Debía de haber doscientos actores y extras que representaban a países de todo el mundo, todos con trajes diferentes. Magos de Hungría y magos de Mongolia, Rusia, Tailandia, Paquistán e Irlanda. Era asombroso porque todos llevaban algún detalle propio de la cultura del país al que representaban, pero con un toque mágico, así que resulta un poco más extravagante. Colleen y toda la gente de vestuario, peluquería y maquillaje hicieron un trabajo extraordinario”.

“Me alegra mucho que tuviera éxito, porque temía que [David Yates y David Heyman] lo echaran para atrás, pero les encantó”, dice Atwood. “Tuve bastante libertad. Lo supervisaban todo con dedicación, claro, sobre todo en los personajes protagonistas, pero les encantó el look del MACUSA desde el principio”.

“Colleen tiene una imaginación muy loca”, dice David Heyman con una sonrisa, “pero además estudia el diseño y la historia del traje, y creo que es capaz de combinar lo excéntrico y lo extraordinario con mucho gusto y elegancia”.

David Yates prolonga el cumplido con su propia descripción: “Colleen Atwood: diseñadora extraordinaria, extraordinariamente guapa, con una fuerte personalidad, gran convicción y visión arriesgada. Es un placer trabajar con ella”.

¿QUÉ SE VIO EN LA REUNIÓN DE EMERGENCIA DE LA CONFEDERACIÓN INTERNATIONAL DE MAGOS?

ESTILO CAMPESTRE: EL ABRIGO

El magizoólogo Newt Scamander no lleva uniforme, pero sí un abrigo muy peculiar.

Cuando la diseñadora de vestuario Colleen Atwood comienza a diseñar un traje, piensa en lo que ella llama el "personaje fuera del guion". "El personaje viene de alguna parte", explica. "[Newt] ha estado viviendo en la naturaleza. Tal vez lo adapte todo a aquello que necesita en su propio mundo, pero sí que tiene que integrarse en el mundo real". Para plasmar su idea, Atwood tomó como guía los años veinte, pero hizo que la ropa le quedase algo desparejada, un poco grande, para darle al personaje ese aire de extravagancia. Después pensó en los colores. "Hay muchos marrones en esa época. Yo quería que destacara, pero al mismo tiempo debía encajar con el tono de la época, así que escogí un azul pavo real oscuro para su abrigo. Y el color recuerda a algunas de sus criaturas fantásticas". Atwood tenía el material que usó para el abrigo de Newt desde hacía años en su almacén, hasta que por fin pudo utilizarlo. Se fabricaron doce abrigos iguales.

"EL ABRIGO DE NEWT ES UN ELEMENTO IMPRESCINDIBLE DE LA PERSONALIDAD DE NEWT"
– EDDIE REDMAYNE

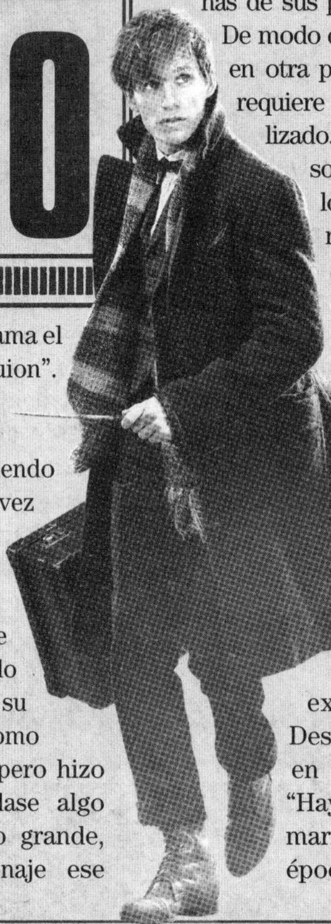

BOLSILLOS POR DOQUIER

Entre los primeros conceptos de Atwood para el abrigo estaba la idea de que tal vez el abrigo de Newt tuviera bolsillos por dentro y por fuera. "Ahí guardaría a sus animales", explica Atwood. "Y llevaría consigo algunas de sus pócimas y medicinas". De modo que Atwood se inspiró en otra profesión que también requiere un abrigo especializado. "Me documenté sobre los abrigos de los magos, que tienen muchos bolsillos secretos; ese fue mi punto de partida para el interior del bolsillo. En pantalla apenas se ve, pero fue divertido desarrollarlo con Eddie y jugar con él".

LE SIENTA BIEN

"El traje de Newt está muy desgastado", dice el artista textil Matt Reitsma. "Es un aventurero, ha viajado por todo el mundo, ha estado en todas partes. Así que la ropa tenía que adaptarse a su cuerpo". Para "desgastar" el traje de Newt, las prendas se plancharon al vapor muchas veces, para que las fibras se encogiesen. "A Colleen le gusta mucho 'encerar' los tejidos para darles brillo y flexibilidad; creo que es de las pocas personas que utiliza esa técnica", añade Reitsma. "Eso otorga un aspecto extrañamente luminoso, sobre todo a las lanas, lo cual es perfecto para el personaje de Eddie porque lleva un abrigo de lana muy pesado. Es magnífico verle con él puesto, ver lo bien que le sienta a su personaje".

"El abrigo de Newt, en cierto sentido, es un elemento esencial del personaje de Newt". Asegura Redmayne, "cosa que exploramos Colleen y yo. Una de las cosas que nos encantó fue que realmente solo lleva un traje durante toda la película. Pero, a medida que avanza la historia, el cuello resalta y los pantalones se meten por dentro de las botas. Empieza la película con un aspecto un tanto excéntrico, como de cerebrito, pero, al terminar la película, tiene un aspecto más de aventurero".

LA MODA GOLDSTEIN: ¿CÓMO VISTEN LAS BRUJAS EN LA OFICINA DE LICENCIA DE VARITAS?

¿Pueden dos hermanas tener visiones de la moda completamente diferentes? Sí, pueden, y aun así ambas visten a la última.

"Tina Goldstein es una de esas chicas estrafalarias y algo desgarbadas. No parece encontrarse dentro de su traje", dice Colleen Atwood. La diseñadora de vestuario la describe además como una chica moderna, y tomó la decisión de ponerle pantalones, lo cual no era muy común entre las mujeres de la época, pero ocurría. Atwood tuvo muy en cuenta el trabajo de Tina, o su anterior trabajo, cuando creó sus conjuntos. "La habían expulsado de un mundo del que formaba parte, de modo que pertenecía a ese mundo, pero ya no. Así que Tina llevaba elementos de los aurores, de ahí los pantalones. Además, realizaba trabajos de investigación, como una especie de espía, por lo que le puse una gabardina con un cuello muy grande tras el que poder esconder su cabeza".

"Queenie utiliza su magia de manera diferente", continúa. "Tiene una energía muy distinta a la de Tina y yo quería vestirla de un modo distinto". Para expresar esa diferencia, Atwood vistió a Queenie con tejidos suaves y sedosos, en tonos grises y rosa claro. "Queenie fue muy divertida", admite Atwood. "Hice que tejieran un abrigo para ella. El tejedor me dijo después que habían hecho falta más de nueve mil metros de hilo para fabricarlo. Está hecho con hilo de seda, en tonos melocotón, que creo que le daba un aspecto como de amanecer o atardecer. Poseía cierto aire y luminosidad, lo que me gustaba para Queenie". Atwood también diseñó ropa interior para Queenie. "Fue como diseñar ropa de bruja normal, pero con un aire desenfadado propio de los años veinte".

ESTILO NOMAJ KOWALSKI ALTA COSTURA

En su intento por lograr un préstamo bancario con el que cumplir su sueño de abrir una pastelería, el nomaj Jacob Kowalski se pone su mejor traje para causar buena impresión.

"Jacob es lo que podría describirse como desaliñado, para la época", dice Colleen Atwood. "Lo vemos intentando conseguir un préstamo, en contraste con casi todos los hombres de la época que, aunque no tuvieran mucho dinero, sabían arreglarse y siempre tenían algún traje presentable. Bueno, pues Jacob tiene tan poco dinero que tiene que comprar ropa usada, pero, debido a su figura, las prendas no le quedan como deberían". Atwood eligió unos tejidos más suaves de lo normal para la época, porque así tendrían más caída. Las prendas deshilachadas tienen pequeños remiendos y parches, y los botones del chaleco no hacen juego. "El traje de Jacob está lleno de arrugas y pliegues, brilla un poco y está muy gastado", dice el artista textil Matt Reitsma, encargado de "envejecer" el atuendo de Dan Fogler. "Fue muy divertido tomar un traje con un gran acabado y darle personalidad, hacerlo suyo". "Colleen es brillante", dice Dan Fogler. "Te hace quedar bien. Su ropa te queda bien, queda bien en la pantalla, y además la emplea para contar la historia".

El rincón de Cupido

'QUEENIE QUIERE A JACOB,' DICE ALISON SUDOL.

NO HAY QUE OLVIDAR LA LEY RAPPAPORT

"ÉL ES LEAL, LE ENCANTA HACER PASTELES Y A ELLA LE ENCANTA COCINAR. ÉL LE HACE REÍR. LA RESPETA. SE PERCIBE ESA CABALLEROSIDAD DE OTRA ÉPOCA.

Porque puede ver dentro de él y sabe lo bueno que es. Es una bonita dinámica entre ambos que él no pueda ocultarle las cosas; aunque no tiene nada que ocultar, porque, aun cuando dice algo que no pretendía decir, sigue siendo genial.

"Queenie es un ángel", dice Dan Fogler. "Ambos empiezan a enamorarse y eso le da a Jacob una verdadera razón para querer quedarse".

Por desgracia, las leyes de la época, concretamente la Ley Rappaport, pretenden evitar que estén juntos. "La comunidad mágica no quiere que los nomajs se mezclen con los magos y con las brujas", explica Fogler. "Hay leyes estrictas, sobre todo en Nueva York, que prohíben que estemos juntos. Creen que, si sucede, todo se vendrá abajo. También refleja el racismo de la época", continúa Fogler. "Es maravilloso cómo Jo [Rowling] traza un paralelismo con los problemas culturales.

Esas leyes no son desconocidas para aquellos que no viven en Nueva York, o incluso en América. Newt Scamander y Tina Goldstein hablan sobre el tema casi de inmediato cuando ella le pregunta qué sabe sobre la comunidad mágica de América. Él considera que la ley que prohíbe las relaciones con personas no mágicas es "retrógrada" y dice que no poder casarse o incluso ser amigo de un nomaj resulta "un tanto absurdo".

COMPARTIR LAS MISMAS DIFERENCIAS

Alison Sudol nos cuenta el truco de esta mentalidad segregacionista entre magos y nomajs. "Siempre están mezclándose. Es una sensación extraña, porque vives con gente que te fascina, pero a la que no puedes acercarte, porque de lo contrario todo correría peligro. Estamos muy cerca unos de otros: aunque seamos un poco diferentes — preparamos la cena con nuestras varitas — sigue habiendo algo en común entre los dos mundos".

¿LOS OPUESTOS SE ATRAEN?

Mientras trabajan para recuperar a los animales, Tina Goldstein y Newt Scamander empiezan a sentir respeto el uno por el otro… y quizá algo más.

"Es maravilloso que, a lo largo de la película, revelen entre ellos partes de su pasado y de su personalidad", dice Katherine Waterston. "Cuando conoces a alguien, te haces una idea muy general de quién es esa persona. Lo primero que pienso de Newt al principio es que es peligroso, que no es de fiar, y también es guapo", dice con una carcajada. "A medida que evoluciona la relación, se da cuenta de lo que motiva a Newt y entiende por qué es así". Waterston encontró paralelismos entre sus personajes que podían propiciar una relación más profunda. "A ambos les apasiona lo que hacen. Ambos son un poco cortados, no se les da bien expresarse. Y entonces empiezas a ver las razones por las que son así. Él está muy aislado en su trabajo. Ella se ha convertido en una madre para su hermana, Queenie, porque perdieron a sus padres cuando eran muy jóvenes. Así que son dos personas que en realidad no han tenido mucho tiempo para pasárselo bien". Sus personalidades son aún más aparentes en contraste con las de Jacob y Queenie. "Ellos son mucho más libres", continúa Waterston, "y en ese contraste te das cuenta de lo atrapados que están. Los momentos en los que se ve quiénes son realmente resultan muy emocionantes. Y, a medida que avanza la película, eso empieza a suceder cada vez más".

El rincón del Gourmet

El Strudel de Manzana de Queenie Goldstein

Una de las aficiones favoritas de Queenie Goldstein es la cocina, de modo que Miraphora Mina y Eduardo Lima, directores del departamento gráfico, llenaron el apartamento de las Goldstein de libros de cocina, incluyendo uno sobre cómo cocinar como un nomaj, titulado *Judías humanas con salchichas* (publicado por ML Books). En el libro figura la receta de uno de los postres favoritos de Jacob Kowalski: el strudel de manzana. Queenie lo prepara cuando su hermana Tina lleva a Jacob y a Newt Scamander a casa. Mina y Lima diseñaron incluso las etiquetas de la harina y el azúcar que se utiliza en la receta.

Se cortan zanahorias y patatas antes de echarlas al guiso, que finalmente se sirve en cuencos de porcelana china para la cena. Los platos y los cuencos salen de los armarios para reunirse con los tenedores, cuchillos e incluso velas que han volado por la habitación antes de ponerse en la mesa. Se pelan y trocean las manzanas, después se combinan con las pasas y las especias antes de envolverse en varias capaz de masa enrollada. Las rosas hechas de masa dan vueltas por el aire antes de posarse sobre el postre, acompañadas de hojas que aterrizan como mariposas, todo espolvoreado con una generosa dosis de azúcar en polvo.

Los animadores se aseguraron de que el strudel adquiriese un tono dorado antes de aterrizar sobre la mesa. El plano contenía texturas y formas que imitaban la apariencia del strudel cocinándose en el aire; al igual que muchas cosas horneadas, se encogió un poco durante el proceso. Todo ante un asombrado Jacob.

Para Alison Sudol, esa escena fue la cumbre de toda su experiencia en el rodaje. "Creo que el momento en el que nos vemos por primera vez en el apartamento, con la escena de la cocina, y después todos sentados a la mesa, sigue siendo uno de los más especiales de la película, porque fue una maravillosa coreografía que logramos ejecutar todos juntos". Alison Sudol y Katherine Waterston hablaron y practicaron la escena para asegurarse de que sus movimientos tuvieran un sistema y un orden. "Además, era un momento en el que nos veíamos los cuatro metidos en una habitación, trabajando juntos, conociéndonos mejor", continúa Sudol. "Y el apartamento era precioso, la luz era fantástica y la escena resultaba muy cálida. Fue tan mágico como aparece en la película".

SECCIÓN D

ARTES OSCURAS Y DIVERSIÓN

ARQUITECTURA

NUEVA YORK: UNA METRÓPOLIS MÁGICA

"ES COMO AGITAR UNA BOTELLA DE CHAMPÁN", COMENTA EL DIRECTOR DAVID YATES. "ES BURBUJEANTE, UNA LOCURA, ALGO VIVO Y ECLÉCTICO. ES UN MUNDO LLENO DE PERSONAS CON SUEÑOS Y ASPIRACIONES. NUEVA YORK EN 1926 ES UN LUGAR EXTRAORDINARIO".

"Se me ocurrió la idea de que Newt fuese a Nueva York y eso me gustó, me estimuló, porque en mi imaginación él no era una persona urbanita", dice la guionista J.K. Rowling. "Newt se encuentra a muchos niveles en un entorno desconocido.

"1926 forma parte de una época increíble", dice David Heyman, "con importantes cambios culturales y modernos rascacielos que se construían junto a arquitectura más clásica. Lo divertido de Animales fantásticos es tener la oportunidad de meter al público en un lugar y en una época totalmente diferentes dentro del mundo mágico, pero [el diseñador de producción] Stuart Craig tenía unos diseños brillantes que basaban en la realidad hasta los decorados más mágicos".

"Es probable que Nueva York fuese la mayor criatura que tuvimos que diseñar para la película", dice el supervisor de efectos visuales Christian Manz. "Y creo que, igual que con las criaturas, queríamos

que estuviera muy basado en la realidad, hacerte creer que realmente estabas experimentando lo que era estar en Nueva York en aquella época".

Stuart Craig y su equipo examinaron fotos y metraje de los años veinte, así como las producciones cinematográficas más importantes de la época. "Es muy interesante en términos de perspectiva histórica. Nueva York en 1926 era una ciudad inmensa y próspera, antes del crack de Wall Street en el 29". Desde el aspecto del diseño, Craig observó que casi todos los edificios de la época tenían una paleta de color bastante unificada y específica. "Los edificios de ladrillo y de piedra arenisca tienen el mismo color", dice Craig. "El paisaje tenía una bonita unidad cromática que me gustó mucho".

"ES PROBABLE QUE NUEVA YORK FUESE LA MAYOR CRIATURA QUE TUVIMOS QUE DISEÑAR"

- CHRISTIAN MANZ

Para visualizar de manera eficiente la disposición de los diversos vecindarios de la ciudad, Craig empezó con una maqueta de las calles de Nueva York. "Fue diseñada para que tuviéramos gran variedad de edificios de apartamentos en el Lower East Side, donve vive Jacob. La zona del centro se inspira en Tribeca [por debajo del Soho], porque tenía una arquitectura muy interesante. Hay mucho hierro fundido en Tribeca, no existe en toda Nueva York, pero es un detalle arquitectónico muy fresco que gusta a cualquiera interesado en la arquitectura, como yo". La forma básica de la maqueta era una T. "En lo alto de la T se encontraban el banco, el hotel y el propio edificio del MACUSA. En otra sección se halla el edificio de ladrillo rojo donde viven Tina y Queenie. Teníamos un barrio concreto para cada uno de los personajes principales".

"Nueva York es un ecosistema propio", dice el director David Yates. "En nuestra película retratamos a los más ricos de la sociedad, a los ambiciosos, a los que tienen dinero, los que se dedican a la política, y después echamos un vistazo a quienes viven en esos bloques de apartamentos. Han escapado de la pobreza de Europa y quieren construir una nueva vida aquí basada en el compañerismo. Así que tenemos todo el espectro social de Nueva York en esa época: un lugar extraordinario lleno de vida, el peor lugar para dejar sueltas a esas criaturas".

ARTE

LOS PROFETAS DEL EQUIPO GRÁFICO LLEGAN A LA CIUDAD

Los artistas gráficos Miraphora Mina, que comenzó con *Harry Potter y la Piedra Filosofal*, y Eduardo Lima, que se unió al departamento gráfico en *Harry Potter y el Prisionero de Azkaban*, crearon para las películas libros de texto, periódicos, revistas y el Mapa del Merodeador del Colegio Hogwarts. También trabajaron codo con codo con los departamentos de atrezo y de decorados, creando etiquetas de productos de comida y bebidas, papeles oficiales del Ministerio de la Magia, envoltorios de Sortilegios Weasley y un sinfín de recuerdos que daban detalle y profundidad al mundo mágico que aparecía en la pantalla. Por suerte, el equipo regresó para aportar su considerable talento a *Animales fantásticos y dónde encontrarlos*.

Los diseñadores comenzaron a trabajar seis meses antes del inicio del rodaje, revisando la tipografía y el estilo artístico de los años veinte en los archivos históricos de Nueva York, mientras se planteaban cómo plasmar la época en el mundo mágico. Con una nueva entidad gubernamental mágica, el MACUSA, necesitaban nuevos documentos burocráticos, incluyendo licencias de varitas, notas que se convertían en ratas de origami y un reloj que muestra el nivel de riesgo contra las brujas y la magia.

Mina y Lima se implicaron hasta el último detalle. "El pasaporte de Newt, todas sus pertenencias y las etiquetas de todas las medicinas que emplea para tratar a sus bestias. Tuvimos que hacerlo uno a uno", dice Eduardo Lima. "Tuvimos que preguntarle a Jo [Rowling] algunas cosas", añade Mina, "como cuándo es su cumpleaños, dónde nació, todos esos detalles que puede que no se vean. Pero así creamos la integridad de un objeto".

"Supongo que nuestro trabajo

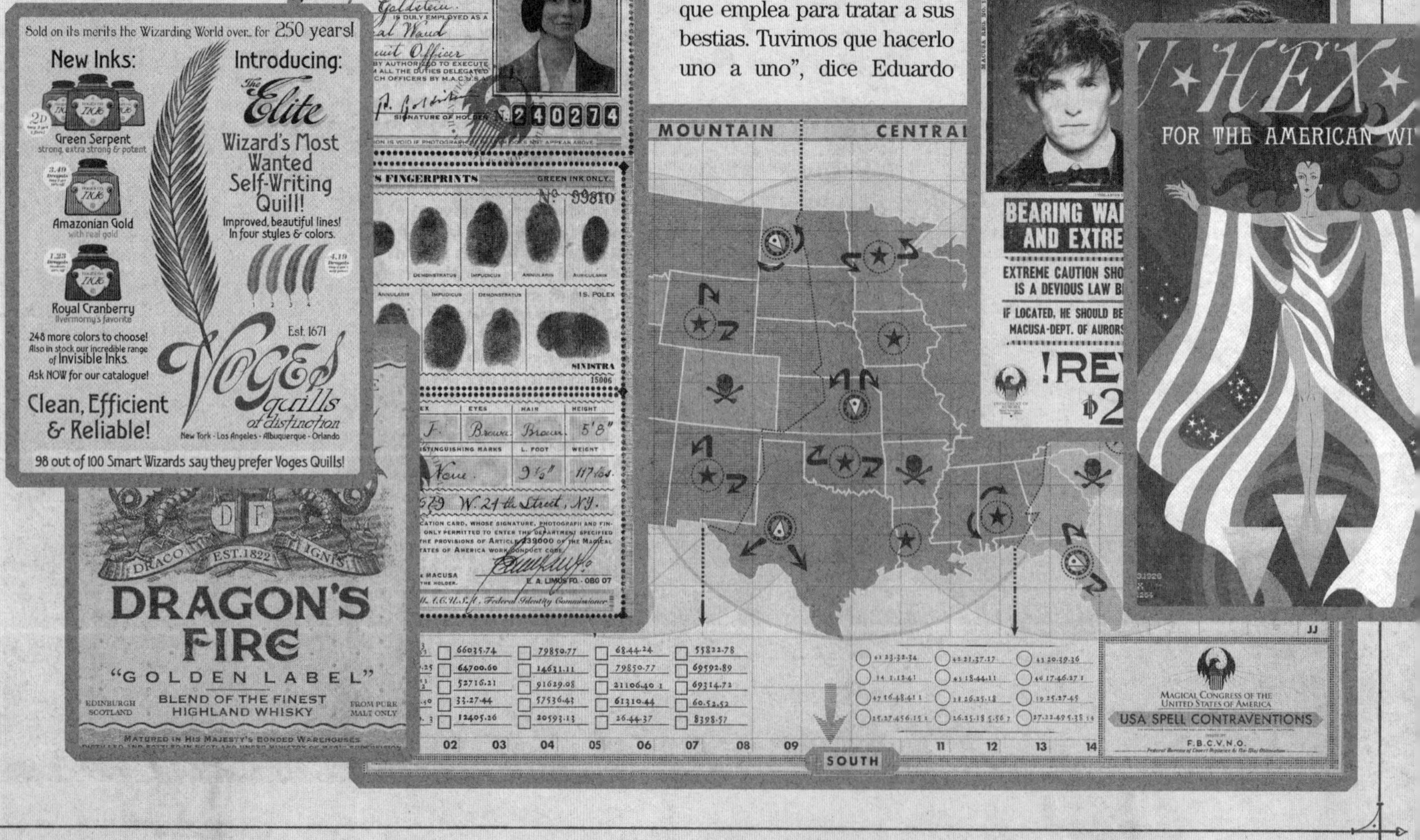

"NO SE TRATA DE ESE MOMENTO EN SÍ, SINO DE LO QUE HA OCURRIDO ANTES"

– MIRAPHORA MINA

consiste en tratar de entender cómo llegas hasta ese momento en el que ves algo durante un segundo en pantalla", continúa Mina. "Así que no se trata de ese momento en sí, sino de lo que ha ocurrido antes. Para hacer creer al espectador que siempre ha sido así, o que existe una razón para que sea así. A veces", dice Mina con una sonrisa, "mantenemos conversaciones ridículas sobre cómo debería ser algo. El trasfondo no aparece en los libros ni en la película, pero has de saber lo que ocurrió hasta llegar allí".

TRANSFIGURATION TODAY

EDITION 2579

THE MAGAZINE THAT CHANGES LIVES

ESSAYS ILVERMORNY SCHOLARS' VANISHMENT REPORT

LYCANTHROPY v. WEREWOLFERY
Arsenius Jigger explains:
WHICH LOCUTION BETTER DESCRIBES THE WEREWOLVES?

THE SCIENTIFIC ASPECTS OF HUMAN TRANSFIGURATION
by EMERIC SWITCH Pg.12

HOW TO IDENTIFY UNREGISTERED and UNLAWFUL ANIMAGI

Continues on... Pg.4

Join the debate: THE PROS & CONS OF EXPOXIMISING Pg.9

THE PROCESS UNRAVELLED schematics on page 23

Continues on... Pg.17

NEW CONTRIBUTOR ALBUS DUMBLEDORE
IS VANISHING WITHOUT A TRACE POSSIBLE?
MY VIEW ON METAMORPHMAGUS Pg.21

DISEÑO

EL EMBLEMA DE LOS SEGUNDOS SALEMITAS SEÑALA SU FUERTE VOLUNTAD

El emblema de la Sociedad Filantrópica New Salem tiene un fondo de llamas que crepitan bajo unas manos rompiendo una varita. "En el guion aparecía como una varita rota con una paloma", dice Miraphora Mina. Mina y Eduardo Lima hablaron con David Yates y David Heyman sobre cómo debía ser el estandarte. "Ellos querían que fuera algo más fuerte y más agresivo que una paloma", recuerda Lima. "Así que les sugerimos que unos brazos rompieran la varita". Eso hacía referencia a la misión de Mary Lou Barebone de eliminar la magia. "Fue divertido diseñar atrezo para Mary Lou, porque es mala y terrible", comenta Lima. "¡No olvidéis que debemos salvar a América de las brujas!".

ÚLTIMA FUNCIÓN DEL CIRCUS ARCANUS

DIC 13

El Circus Arcanus ofrecerá su última representación en la ciudad de Nueva York a las 20h. del 13 de diciembre de 1926. El circo se instaló aquí el 29 de noviembre y partirá hacia Europa tras su última función.

PROFESOR DE HOGWARTS SE INCORPORA A TRANSFIGURATION TODAY

El profesor de Hogwarts Albus Dumbledore ha empezado a colaborar para *Transfiguration Today.* En su primera columna da su opinión sobre los Metamorfomagos: ¿Es posible desaparecer sin dejar rastro? El autor Emeric Switch ha contribuido con un artículo sobre el mismo tema: «Los aspectos científicos de la transfiguración humana».

DISEÑO: ¿QUIERES SER MAGIZOÓLOGO?

ENTONCES PIENSA EN PEQUEÑO

Para transportar su colección de bestias, el magizoólogo Newt Scamander creó una serie de entornos que pueden esconderse en una maleta de cuero de aspecto inocente. Cada bestia tiene su propia zona, pero pueden interactuar entre ellas, dado que esas zonas no son contenedores separados por paredes, salvo en el caso de algunos de los animales más grandes.

"La maleta de Newt es un mundo extraordinario", dice el director David Yates. "Es divertido, fantástico, y a la vez da miedo. Me encantaba el hecho de que todo estuviese guardado dentro de algo que puedes llevar en un tren o en un avión". Desde el momento en que el cerrojo de la maleta se abre cuando Newt está en la aduana de Estados Unidos, la expectación va creciendo, a la espera de ver qué se esconde dentro de la maleta. "Es el alma de la película", dice Christian Manz.

DE CABEZA A LA MALETA

Eddie Redmayne describe el interior de la maleta como un reflejo de la personalidad de Newt. "Tiene casi un componente biológico", explica. "Percibes la pasión que siente por sus animales y plantas. Ves los dibujos que ha hecho. Es su personalidad en términos físicos. Y, cuando atraviesas su cobertizo y emerges al mundo que hay en la maneta, bueno, eso lleva la imaginación hacia nuevos límites".

"LA MALETA DE NEWT ES SU MUNDO. ES SU REFUGIO, EN REALIDAD", DICE EDDIE REDMAYNE. "EL DECORADO QUE CONSTRUYÓ STUART FUE TODO LO QUE HABRÍA PODIDO IMAGINAR Y MUCHO MÁS"

El primer desafío para el diseñador de la producción fue que "no había normas, ni precedentes". "Hicimos muchas, muchas pruebas de lo que podría ser", admite Craig. "Hablamos de armarios con dioramas, o quizá un museo de tipo victoriano, pero eso no serviría para animales vivos". Tampoco valdría un enfoque tipo zoológico, porque Craig sabía que Newt no tendría a sus animales encerrados en jaulas. "Newt defiende la preservación de esas criaturas", dice, "y busca su felicidad en sus respectivos entornos. Seguramente construyó él mismo esos entornos mágicos".

Una vez dentro, cada bestia tenía su propio entorno creado.

"La idea era mostrar una gran variedad de criaturas en sus hábitats naturales", dice Christian Manz. "Imaginamos a Newt caminando por un safari que filmaríamos en una localización. Cuando J.K. Rowling vio nuestra presentación, sugirió que haría falta un mago más poderoso que Voldemort para crear un mundo así. De modo que tuvimos que dar marcha atrás e ideamos un concepto más típico de Heath Robinson, un mundo en el que Newt había pegado los diferentes hábitats unos a otros". Durante la Primera Guerra Mundial, Robinson fue famoso por crear tiras cómicas en las que aparecían disparatadas armas secretas, fabricadas con objetos cotidianos, además de ilustraciones de la Fuerza Expedicionaria americana en Francia.

"La clave era que todo ese universo había sido creado por el propio Newt, así que tenía un aspecto casero, fabricado por uno mismo", dice Craig. "Pero, cuando entras en lo que parece ser un telón de fondo teatral donde

CONTINÚA EN LA PÁGINA 51

INFLUENCIAS MUY SALVAJES

Hubo dos influencias que ayudaron a desarrollar los entornos de las bestias. Una de ellas fueron los dioramas del Museo Americano de Historia Natural donde se ven los hábitats de los animales. “Están pintados para parecer reales, pero, cuando te quedas mirándolos, te das cuenta de que no lo son”, dice Dermot Power, “pero percibes la realidad”.

Otra referencia clave utilizada por Power fueron las imágenes de los espectáculos del Salvaje Oeste de Buffalo Bill en el siglo XIX. “Utilizaban fondos pintados, y en las fotos se ve que habían hecho un verdadero esfuerzo por lograr que pareciese un paisaje realista, pero luego lo colgaban sin mucho cuidado”. Los fondos pintados fueron creados por Marcus Williams, el artista escénico de la película, para establecer la estética adecuada y servir de punto de inicio para los hábitats animados.

La idea que se hizo Dermot Power sobre la personalidad de Newt es que “le gustan tanto los animales que se ha tomado la molestia de fabricarles mundos específicos, pero él no se ve como un gran creador. Se ve más bien como el cuidador de los animales. Así que, si los hábitats son un poco inestables, al menos se asegura de que funcionen. Si algo se rompe, él lo arregla. Le alegra que los animales estén felices en los mundos que ha creado para ellos.

EL COBERTIZO

“Una de las primeras decisiones que tomamos fue la de dar a Newt un cobertizo dentro de ese espacio mágico”, dice Stuart Craig. “Se siente más cómodo allí que con los seres humanos”. Dentro de ese cobertizo alto y estrecho se encuentran sus medicinas y pociones, además de todo el equipo necesario para capturar y cuidar a las criaturas. “En ocasiones, ser un hombre solitario parece ser una parte necesaria de su vida”, dice Craig, “así que le dimos el cobertizo. Tiene un banco de trabajo. Tiene una cama debajo del banco. Tiene una estufa y un sillón. Es un lugar fantástico para que un hombre como Newt esté solo”.

La diseñadora de decorados Anna Pinnock vio en el cobertizo la oportunidad de transmitir el mundo de Newt y su personalidad a través del espacio y de los objetos que contiene. “Queríamos sugerir que Newt había viajado mucho por el mundo real y el de la fantasía”, explica, “de modo que introdujimos piezas étnicas, herramientas agrícolas y zoológicas, y una amplia variedad de contenedores y receptáculos inusuales. Cada objeto debía tener una función o propósito. Encontramos armarios de medicinas y baúles que instalamos en la pared frontera a la puerta, con un diseño de *patchwork* desde arriba hasta abajo”. El equipo de diseño de atrezo realzó esos objetos y creó otros nuevos, y los artistas gráficos añadieron etiquetas, notas de documentación y gráficas pegadas a la pared.

La estancia también incluye una fotografía de Leta Lestrange, alguien que en otra época fue muy especial para Newt.

EL MAL ACECHADOR

"MI NIÑO INTERIOR ESTÁ OBSESIONADO CON EL MAL ACECHADOR", - EDDIE REDMAYNE.

Hay una criatura que Newt lleva siempre cerca: el mal acechador, un término que el magizoólogo no considera un nombre muy amable. Newt ha estado estudiándolo; tiene la teoría de que el veneno del mal acechador podría ser útil, si se diluye convenientemente, para eliminar malos recuerdos. Su veneno luminoso se extrae exprimiendo su caparazón en forma de vaina; el líquido se recoge en un vial de cristal.

"Mi niño interior está obsesionado con el mal acechador", dice Eddie Redmayne. "Es como una bola de pinchos que cuelga del dedo de Newt mediante un hilo. Cuando lo haces girar, casi como si fuera un yo-yo, se abre y se convierte en una criatura terrorífica".

El mal acechador se parece a una enorme mariposa o a una manta raya prehistórica, con alas verdes en forma de capa y una parte inferior de un magnífico azul cobalto. Su cabeza esquelética recuerda a la de un roedor, con dientes largos y afilados que utiliza como un encefalófago: alguien que se alimenta de los cerebros de la gente. "Pero Newt lo tiene controlado", dice el supervisor de efectos visuales Christian Manz. "Él lo llama, el animal vuelve a hacerse un ovillo y él se lo guarda en el bolsillo. Estuvimos intentando averi-guar cómo lograr eso de manera creíble. Cómo convertir algo tan grande en algo tan pequeño. Y, claro, es cosa de magia".

"También queríamos verlo utilizar a sus criaturas para salir de un apuro", añade Manz, y Newt utiliza el mal acechador para defenderse en varias ocasiones a lo largo de la historia. El mal acechador puede servir como distracción o como escudo en una batalla. Además posee un cuerpo lo suficientemente fuerte como para, si está cerca, poder transportar a un humano de un punto a otro.

PICKETT EL BOWTRUCKLE

"TIENE LA CUALIDAD DE SER INCREÍBLEMENTE ÁGIL Y PUEDE FORZAR CERRADURAS", - EDDIE REDMAYNE.

Uno de los momentos más bonitos dentro de la maleta de Newt tiene lugar en el hábitat de los bowtruckles. "Me encanta este bowtruckle", dice J.K. Rowling. "Se llama Pickett. No encaja con su rama, que es el término técnico para referirse a muchos bowtruckles. Son pequeñas criaturas en forma de ramita, de modo que dije que había una rama de bowtruckles".

Una rama de bowtruckles vive dentro de la maleta de Newt; una rama compuesta por Titus, Finn, Poppy, Marlow y Tom. El sexto miembro de la rama es Pickett, que pasa casi todo su tiempo en el bolsillo de la pechera de Newt. "Puede que Pickett sea mi criatura favorita", admite Eddie Redmayne. "Es un solitario dentro de la familia de bowtruckles. Se siente algo intimidado por sus compañeros. Tiene problemas de dependencia. Así que no para de fingir estar enfermo para poder quedarse en mi bolsillo". Y Newt se lo permite.

Los bowtruckles son además las criaturas favoritas del animador Pablo Grillo. "Ni siquiera sé qué son realmente, pero resultan muy llamativos". El bowtruckle pasó por casi doscientos bocetos hasta dar con el definitivo. "El diseño de Pickett debía transmitir la fragilidad del animal", explica Grillo. "En cierto modo debía reflejar la fragilidad de Newt, sin resultar débil. Es una criatura valiente, con corazón. Pickett es un marginado social, igual que Newt".

DISEÑO GRÁFICO DE MINALIMA

Los bowtruckles tienen un gran valor pese a su tamaño. "Tiene la cualidad de ser increíblemente ágil y puede forzar cerraduras", dice Redmayne. La habilidad de Pickett resultará útil para ayudar a Newt a escapar de situaciones peligrosas.

En los ensayos, los titiriteros de Grillo dieron vida a Pickett de varias formas. "Él vive en mi bolsillo, pero con frecuencia se me pone encima del hombro", cuenta Redmayne. "Empecé utilizando una marioneta de dedo para hacerlo, para ver cómo era. Después fabricamos un palo largo con Pickett, hecho de alambre, en el extremo. Cuando filmamos, no estaba allí, pero para entonces ya se podía jugar con él, porque sabías cómo era y cómo se movía".

"[Pickett] no tiene expresividad en la cara", dice Grillo. "Para mí esos son los desafíos más emocionantes, en los que no puedes apoyarte en la gestualidad del rostro. Sus intenciones han de quedar claras mediante el movimiento. Con la combinación adecuada de formas puedes hacer que esté triste, orgulloso o que te transmita cariño".

"En realidad no tenía ninguna animación para la cara, pero en un momento dado hace una pedorreta", dice Christian Manz. "Al final añadimos más planos de Pickett porque a todo el mundo le encantaba".

VIENE DE LA PÁGINA 48

aparece dibujado un paisaje, este se vuelve real. Algo sin pulir al principio, pero que se vuelve mágico e infinito según avanzas. Es un escaparate para las criaturas, y al fin y al cabo, ellas son el centro de la película".

UN DIFERENTE TIPO DE BESTIA

Cuando Jacob ayuda a Newt a dar de comer a sus animales dentro de la maleta, oye una especie de llanto procedente de detrás de una cortina ondeante. Sigue ese sonido y se encuentra en un paisaje nevado donde hay una masa negra y suspendida en el aire. La masa emite una energía inquietante. Newt le dice que se aparte y le responde secamente al decirle lo que es: un obscurus.

"El obscurus es una idea maravillosa que se le ocurrió a Jo", explica David Yates. "Cuando a un niño se le prohíbe desarrollar su magia de manera saludable, orgánica y normal, puede desarrollarse esta energía oscura, que puede descontrolarse sin previo aviso, provocar el caos y ser muy peligrosa".

Los niños que han reprimido sus habilidades mágicas, generalmente debido a un trauma o a la opresión, son denominados obscurials. Al hacerlo, desarrollan una fuerza oscura parasitaria —el obscurus— que es inestable e incontrolable, que

ataca y después desaparece. Los obscurials no suelen vivir más allá de los diez años, y se dice que el obscurus que Newt guarda en su maleta fue extirpado de una niña sudanesa de ocho años que después murió. Fue el primer caso de un obscurial en América en doscientos años.

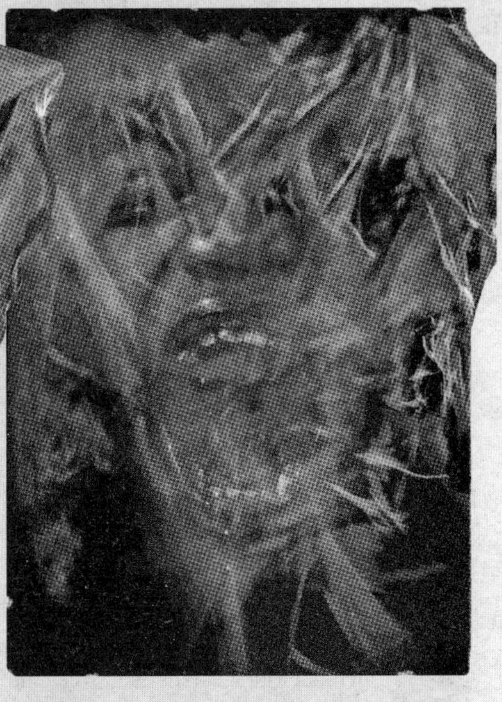

El obscurus de la maleta de Newt está atrapado. “Me pidieron que mostrara al obscurus atrapado en una caja”, dice Dermot Power, “y me gustó tener dos ideas muy distintas que chocaban: la caja rígida y la fuerza extraña, casi líquida, que ansía quedar en libertad”. Otros estudios incluían la imagen de una niña que sufría por ver reprimida su magia, confinada en un cubículo rectangular para ilustrar la angustia de un alma atormentada; y una masa orgánica “donde se adivine lo que esconde dentro. Me gustó el desafío de capturar una entidad tan única y me esforcé por crear la imagen de un ser invisible escondido en una nube de polvo”.

OCIO: SALIR

POR LA CIUDAD: UNA NOCHE EN THE BLIND PIG

Conversaciones en susurros, juegos de azar y una barra bien surtida de agua de la risa, blaster y whisky de fuego; eso es lo que encontrarás en The Blind Pig. Este tugurio de Greenwich Village recibe a todos los magos y brujas, duendes y gigantes, que son atendidos por el personal de toda la vida.

Para ayudar a Newt a encontrar las criaturas que le faltan, Tina Goldstein lo lleva, junto con Jacob y Queenie, a The Blind Pig, un bar clandestino propiedad de Gnarlak, que era uno de los informadores de Tina cuando esta trabajaba como auror. Los bares clandestinos en los años veinte eran lugares ocultos donde se servía alcohol durante la Ley Seca. Podían ser lugares elegantes y estilosos o tugurios mugrientos. The Blind Pig pertenecería a la segunda categoría. “Se trata de un enclave subterráneo, de ahí el techo abovedado”, dice Stuart Craig. “Dimos mucha personalidad a este complejo de túneles y cuevas. Está lleno de manchas de nicotina y tiene agua que chorrea por las paredes. Es un entorno bastante amenazador”.

“Es un antro”, dice Christian Manz. “Tardamos mucho en preparar todas las cosas que David [Yates] quería ver allí. Tenemos una banda de jazz compuesta por duendes y una cantante de jazz, y elfos domésticos como camareros y barman. Hay muchos carteles de “se busca” en movimiento por todas partes, juegos de azar mágicos y muchas bebidas. Para mí es uno de los momentos de la película en los que de verdad sientes la esencia de los años veinte”.

Gnarlak, un duende chistoso que fuma puros, está interpretado por el actor Ron Perlman. “Es su local”, dice Perlman. “Atiende a la peor calaña dentro del mundo mágico; han puesto precio a las cabezas de algunos de los clientes. Algunos de los presentes han hecho tratos ilegales con el MACUSA para permanecer en libertad. Son todos una panda de tipos desagradables y Gnarlak es el más desagradable de todos, porque es el señor de todo lo que suministra. Y es deliciosamente extraño.

“Un tipo en la posición de Gnarlak sabe cómo llegar a acuerdos con todos los estratos de la sociedad, ya sean las más altas instancias del gobierno o los criminales más sórdidos y perversos”, continúa Perlman. “Para gobernar ese mundo, tiene que contarse entre los más listos de la estancia. Utiliza la inteligencia para sus fines turbios, pero es muy listo. Conoce bien el terreno y sabe, como casi todos los timadores, percibir la debilidad de las personas y explotarla en su propio beneficio”.

> “SON TODOS UNA PANDA DE TIPOS DESAGRADABLES Y GNARLAK ES EL MÁS DESAGRADABLE DE TODOS”
> – RON PERLMAN

UN ACTOR DE 1,80 SE CONVIERTE EN UN DUENDE DE 1,20

Los duendes de las películas de Harry Potter se crearon utilizando prótesis con los actores. “Aquí creamos personajes totalmente digitales porque queríamos encontrar a la persona idónea y no vernos limitados por la forma humana”, dice el supervisor de efectos visuales Christian Manz. “Cuando Ron hizo la prueba, pasamos a diseñar un personaje basado en él. Vimos muchas fotografías con gánsteres de la época, algunas de las fotos de la gente más importante de los años veinte. Había cierta actitud y apariencia que te hacían sentir a ese personaje, de modo que eso fue clave para concebir su aspecto, pero a la vez respetamos muchos de los rasgos faciales de Ron”.

Gnarlak cobró vida en varias etapas. Primero, como personaje generado por ordenador, Perlman ofreció más de noventa expresiones que quedaron capturadas en una sesión de fotogrametría. Después, para rodar las escenas, Perlman se sentó en una silla más baja que las de los demás actores, para que pudieran interpretar con él. Volvió a rodarse la escena utilizando un doble de altura, vestido y maquillado, que interpretó los diálogos para facilitar las referencias de iluminación y el contacto visual. Finalmente, Perlman volvió a rodar la escena con un casco que capturaba el movimiento facial, pero en otro decorado hecho a escala y en el cual no parecía medir más de metro veinte. “De ahí salió la interpretación de Ron y sacamos todos sus diálogos”, dice Manz. “Según avanzábamos, David [Yates] quería que Gnarlak fuese un tipo callado y casi indiferente. Nuestro objetivo era convertirlo en un capullo”.

EL DILEMA DE PICKETT

Newt se da cuenta de que va a tener que sobornar a Gnarlak para conseguir información, ofreciéndole algunos galeones, un lunascopio y un huevo de ashwinder. Pero al duende no le interesa nada de eso hasta que ve a Pickett asomarse por el bolsillo de Newt. “El bowtruckle tiene el extra de poder forzar cerraduras, así que sirve para dos cosas”, dice Perlman. “Es una pieza de colección y resulta muy útil al mismo tiempo”. La conmovedora entrega de Pickett sirve a Newt para conseguir la información sobre la última criatura desaparecida. Por suerte, en el caos provocado por la redada de los aurores, Newt consigue recuperarlo.

ALEGRÍA LÍQUIDA

Mientras Newt y Tina hablan con Gnarlak, Queenie y Jacob profundizan en su relación mientras toman agua de la risa Pinnock. Mientras intenta mantener una conversación seria, Jacob se toma un chupito y suelta una carcajada. “Eso fue idea de Dan”, dice Katherine Waterston, “y a todos les pareció tan divertido que lo dejaron”. El agua de la risa Pinnock lleva el apellido de la decoradora, Anna Pinnock.

Eddie Redmayne tuvo su propio momento alegre, si bien fuera de la pantalla. “[The Blind Pig] era mi decorado favorito, sobre todo porque pudimos ver todos los carteles de ‘se busca’, y a mí me encantaban esos carteles en las películas de Harry Potter”, recuerda Redmayne. Cuando Gnarlak alerta a los aurores sobre Newt y Tina, dos de los carteles de “se busca” que hay en la pared cambian y aparecen sus caras. “Así que pude protagonizar un cartel de ‘se busca’. Fue un momento breve, pero glorioso para mí”.

CRÍTICA MUSICAL:

JAZZ ATERCIOPELADO EN EL TURBULENTO BLIND PIG

"ESTÁ TODO LLENO DE ENCANTO Y DE DETALLES MUY IMAGINATIVOS Y EXTRAÑOS", DICE RON PERLMAN.

El actor continúa: "Es sórdido, pero es un lugar al que no te importaría ir a tomar una copa, ligar con una chica y pavonearte un poco. Tiene un toque provocativo. Me da igual lo cínico que seas, porque entrarás en este mundo con los ojos muy abiertos y lleno de asombro. Si quieres pasarlo bien de verdad, déjate caer por The Blind Pig".

La banda de este bar clandestino compuesta por cinco miembros incluye un pianista, un batería, un trompetista, un bajista y una cantante de jazz. "Para los instrumentos de la banda, a primera vista parece que el piano es un piano vertical", dice el diseñador de producción Stuart Craig, "pero en realidad es un piano de cola vertical". También hay un bajo vertical de más de dos metros de altura que toca un bajista gigante; el resto de instrumentos los tocan duendes. "El punto fuerte es el instrumento de viento", dice Craig, "que se basa en un sousafón, pero incorpora trompeta, gaita y trombón". El equipo de Pierre Bohanna fue el encargado de crear estos instrumentos únicos. "El trompetista tenía una docena de instrumentos de viento diferentes colgados a su alrededor, sujetos por una energía mágica", dice Bohanna. "Lo hicimos de verdad, en el sentido de que estaban interconectados y apoyados en soportes negros para que flotaran en el aire".

LA CANCIÓN QUE CANTA LA DUENDE TIENE MÚSICA COMPUESTA POR MARIO GRIGOROV Y LETRA DE J.K. ROWLING.

En la banda figura además la primera duende hembra vista en una película del mundo mágico. Una actriz fue la encargada de crear sus movimientos, que se grabaron con captura de movimiento y después fueron trasladados a la pantalla, acompañados de imágenes de humo que ilustran lo que va cantando. Los músicos también fueron interpretados por actores. "Y Colleen Atwood hizo trajes enteros a escala", dice Christian Manz. Eso proporcionó a los animadores una referencia absoluta de lo que tendrían que recrear digitalmente.

SECCIÓN E

NOTICIAS DEL MUNDO MÁGICO

ÚLTIMA EDICIÓN

OTRA CRIATURA ENCONTRADA – DESTROZADA UNA TIENDA DE DIAMOND DISTRICT. ¿EL ROBO

PERFECTO?

Newt por fin consigue volver a meter al escarbato en su maleta cuando Jacob y él lo descubren en el escaparate de una joyería. El escarbato intenta engañarlos quedándose quieto, aunque las pulseras de diamantes le resbalan por el brazo. "Lo maravilloso de los animales es su ingenuidad", dice Pablo Grillo. "Creen que, si se quedan quietos, no podrás verlos". Una vez más, el humor de la escena procede del pasado de Newt y el escarbato, y "del respeto que siente Newt por la habilidad del animal. Lo admira, aunque siempre esté metiéndole en líos".

UN ACIERTO A CÁMARA LENTA

Se utilizó una marioneta como sustituto para el escarbato para la iluminación y la escala, así como para interactuar con la criatura. "El plano a cámara lenta del escarbato volando por Diamond District, con una bonita exploración del espacio de 360 grados, es mi plano favorito", dice Stephane Nazé, supervisor de efectos visuales. "Hasta ese momento, el público está intentando ver al escarbato de una vez por todas; se mueve deprisa y siempre se sale del plano. Cuando da vueltas por el aire, por fin podemos disfrutar de él".

ANIMALES FUGADOS DEL ZOO DE

CENTRAL PARK

Cuando un grupo de policias llega a la tienda, parece que Newt y Jacob van a ser detenidos. No ayuda que estén cubiertos de diamantes. Entonces, para su sorpresa, un león pasa por la calle. Utilizando esta distracción, Newt aparece con Jacob en el zoo de Central Park. Al llegar al lugar del suceso, descubrieron que muchas de las jaulas habían sido destruidas por las acciones amatorias y desconcertantes del erumpent que se había escapado de la maleta de Newt Scamander.

EL ERUMPENT ES EL ANIMAL MÁS GRANDE QUE NEWT SCAMANDER TIENE QUE RECUPERAR. PARA COMPLICAR LAS COSAS, ESTÁ EN CELO.

ACTIVIDAD INQUIETANTE EN CENTRAL PARK

“El erumpent es una criatura impresionante y casi indestructible”, dice la guionista J.K. Rowling, “y David Yates le otorgó un carácter juguetón que yo no había imaginado, y que resulta encantador”.

Los erumpents son una especie de mezcla entre vaca, rinoceronte, hipopótamo y bisonte. “Es como un inmenso animal de pastos”, dice el supervisor de animación Pablo Grillo. “No tiene más potencial expresivo que una vaca. Pero a través de sus acciones entiendes su motivación; quiere amor, está en celo, y la combinación del tamaño, la torpeza y el deseo irrefrenable da como resultado algo increíblemente entretenido, encantador y divertido”.

“Queríamos darle un aspecto ligeramente femenino, pero sin ser demasiado caricaturesco”, dice el supervisor de efectos visuales Tim Burke. “Encontramos el vídeo de un hombre del Midwest que tenía bisontes y había metido a uno a su casa. Resultaba asombroso ver cómo el inmenso animal se movía de pronto con cautela e inseguridad por el salón”.

DE MARIONETA A INTÉRPRETE

Los titiriteros de *Animales fantásticos y dónde encontrarlos* estaban dirigidos por Robin Guiver, que trabajó en la producción original de *Caballo de batalla* en el West End londinense. La idea de tener una marioneta erumpent —que tenía casi cinco metros de alto, tres de ancho y más de seis de largo— no era solo para dar a Eddie Redmayne una referencia a la que mirar, sino ofrecer al actor y al director un personaje físico con el que actuar. “Está ahí para facilitar las interpretaciones. De ese modo, David [Yates] tiene algo que poder dirigir de manera específica”, explica Guiver. “Puede situarlo en el decorado. La cámara puede enfocarlo. Podrá tratarlo como trataría a un actor. Puede ordenar movimientos o emociones según su necesidad y puede contemplar esa danza de apareamiento, ese ritual, como un acontecimiento real, en vez de pedirle a Eddie que se lo imagine todo. Y

CONTINÚA EN LA PÁGINA 62

VIENE DE LA PÁGINA 61

hay algo ahí que ocupa espacio, que tiene peso y que con suerte debería ser capaz de provocar emociones".

Tener una representación física de lo que después sería un animal digital fue también una bendición para el director de fotografía, Philippe Rousselot. "Puede ser fácil poner en plano al actor y olvidar esa sensación del tamaño", explica Guiver. "Y, cuando colocas a un personaje junto a algo tan grande, te haces una idea de lo pequeño que es y del peligro que corre".

El modelador Pierre Bohanna y su equipo crearon la marioneta. "Algo de ese tamaño implica que tenga que ser increíblemente ligero", explica. La estructura estaba hecha de tubos de fibra de carbono con plástico por fuera. La cabeza del erumpent estaba fijada al cuerpo, pero tenía un mecanismo de vigas voladizas que permitía que un titiritero la moviese. Ese erumpent solo pesaba cuarenta y cinco kilos. "Me dijeron que el traje de Paco Pico (de *Barrio Sésamo*) pesaba más de cincuenta y cinco kilos: si un hombre puede con eso, entonces es una buena solución".

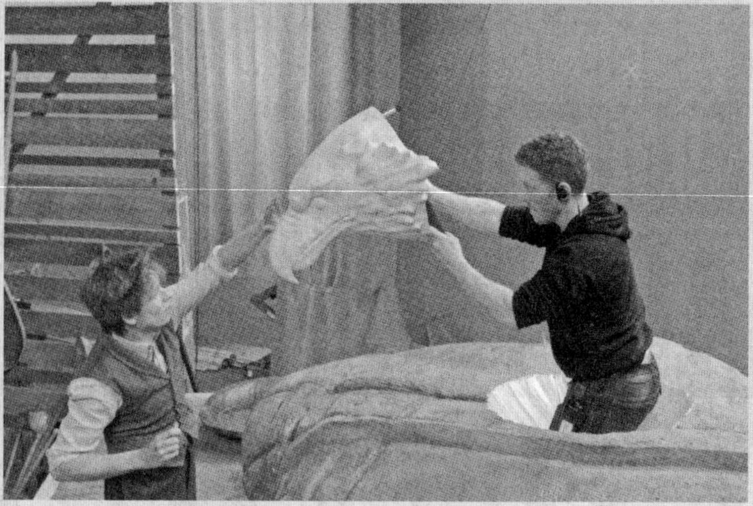

"Teníamos a cuatro personas manejando la marioneta en cada plano durante la escena de la danza de apareamiento", dice Tim Burke. "Y antes incluso de rodar, ensayaron eso con Eddie, para que pudieran desarrollar un vínculo. Para el personaje de Eddie, se trataba de tener ese vínculo con las propias criaturas".

UN NOMAJ QUE ENAMORA

El erumpent encuentra una pareja más interesante en Jacob, que sin querer se rocía con un frasco de almizcle de erumpent. "Nos encantó la idea de que hubiera una relación entre Jacob y el erumpent", dice David Yates. "Hay algo en el erumpent que resulta precioso y adorable. El hecho de que puedas darle a esta criatura sus propios deseos creo que lo hace un poco más real en cierto sentido".

Los animadores pusieron tanto mimo con el erumpent como Newt para volver a meterlo en la maleta. "Su cuerpo tiene su propio impulso, que es como manejar un camión", dice Pablo Grillo. "Eso aun así puede ser bello y elegante, casi como un ballet. Pero animar esa criatura con el peso correcto y una sensación de movimiento que haga creíble su tamaño siempre resulta un reto".

"También era complejo desde el punto de vista técnico, como la bolsa de líquido que tiene el erumpent en la frente, que la convierte en una criatura más inusual que el resto", dice Christian Manz. "Eso tenía que moverse y poseer luz interior". El departamento de atrezo construyó su cuerno de un metro de largo con un tubo hueco y translúcido, para que el departamento de electricidad pudiera ponerle luces dentro que se iluminaban a medida que se excitaba. Por suerte, el efecto explosivo de la bolsa de líquido se realizó de manera digital".

"Me encantaba el erumpent", reitera Redmayne. "Cuanto más leía el guion, más me asombraban todas estas criaturas y características que se había inventado Jo. El erumpent es gigantesco. El erumpent es rápido. Y el erumpent está en celo. Cuando se escapa y Newt tiene que realizar una danza de apareamiento, para él fue uno de los momentos más humillantes de la película. Fue agotador". Pero Redmayne admite: "La seducción del erumpent fue un punto álgido para mí".

UN MAGIZOÓLOGO EJECUTA DANZA DE APAREAMIENTO

El tamaño de un erumpent puede hacer que parezca imposible devolverlo a la maleta, pero Newt tiene unos cuantos trucos. Primero, se aplica una gota de almizcle de erumpent. Después ejecuta una danza de apareamiento. "Una cosa buena de los guiones de J.K. Rowling es que las descripciones son muy detalladas", dice Eddie Redmayne. Mientras leía el guion por primera vez, "había una escena en la que ponía simplemente 'Newt realiza danza de apareamiento'. Unas palabras que me hicieron sudar". Redmayne buscó en Google "llamadas de apareamiento de aves", y mientras desarrollaba el baile, grabó unos vídeos que envió a David Yates. "Fueron lo más humillante que te puedas imaginar y, tras esperar su respuesta durante horas, me dijo: 'No sé si es lo suficientemente seductora'".

Al final Redmayne ingenió una llamada y unos movimientos diseñados para seducir al erumpent. "Y teníamos unos titiriteros estupendos que hacían ruiditos de flirteo".

Dan Fogler apreció el cuidado que Eddie Redmayne empleó para plasmar la relación del magizoólogo con sus bestias. "El momento en el que Newt está intentando persuadir al erumpent para que vuelva a la maleta realizando un baile sexy resulta muy gracioso… pero a la vez es ciencia".

"LA SEDUCCIÓN DEL ERUMPENT FUE UN PUNTO ÁLGIDO PARA MÍ", - EDDIE REDMAYNE.

NEWT SCAMANDER LOCALIZA DOS DE SUS BESTIAS EN UNOS GRANDES ALMACENES DEL MIDTOWN

DESTROZOS EN LOS GRANDES ALMACENES

Un occamy fugado de la maleta del magizoólogo fue localizado anoche en unos grandes almacenes del Midtown. Estaba bajo el cuidado de otra criatura, el demiguise. "Algo invisible ha estado causando estragos por la Quinta Avenida", aseguró Gnarlak, propietario de The Blind Pig. La información resultó ser cierta cuando Newt y sus acompañantes, Tina, Jacob y Queenie, vieron un bolso que levitaba junto a la mano de un maniquí en el escaparate y se alejaba flotando por los pasillos de la tienda. Una vez dentro, también descubrieron al polluelo de occamy desaparecido.

COMERCIOS NOMAJ

LOS INTERIORES DE LA SECUENCIA SE RODARON EN LIVERPOOL, EN EL EDIFICIO CUNARD.

Los grandes almacenes donde Newt encuentra a sus criaturas desaparecidas estaban inspirados en los exclusivos almacenes Bergdorf Goodman de la Quinta Avenida neoyorquina. "Es muy elegante, con sus mostradores de cristal y la utilización del art decó y de los espejos. Es muy bonito", dice el diseñador de producción Stuart Craig.

Los interiores de la secuencia se rodaron en Liverpool, en el Edificio Cunard, de gran interés histórico. "Era muy apropiado", dice Craig. "Tiene un gran tamaño y fue concebido y construido con la seguridad de Nueva York en aquella época". La diseñadora de decorados Anna Pinnock estuvo de acuerdo con la decisión de Craig. "Nos pusimos a construir veinte vitrinas de madera y cristal, de ocho metros de largo y en forma de rombo, que tenían que estar llenas de productos de la época", dice.

LOS ALTOS VENTANALESY LAS COLUMNAS OTORGARON ENVERGADURA AL ELEGANTE DISEÑO.

Se fabricaron maniquíes de época tanto para hombres como para mujeres, además de los escaparates. Se utilizó el mismo espacio para la planta baja y para la primera planta, "lo que significó duplicar la cantidad de decoraciones", explica Pinnock. "Además la escena se desarrollaba en Navidad, lo que supuso una gran cantidad de adornos navideños de la época, dos estilos diferentes y colores para cada planta". El almacén estaba abarrotado de cajas apiladas, cada una con su propia etiqueta e instrucciones de reparto creadas por el departamento gráfico.

EL OCCAMY: LA MISMA TALLA NO SIRVE PARA CUALQUIERA

J.K. Rowling recuerda que de pequeña le dijeron que los peces crecen en función del tamaño disponible. "Así que estaba convencida de que existiría un término para una criatura que solo crece según el espacio disponible", explica. "Pero entonces lo busqué y descubrí, horrorizada, que los peces se quedan atrofiados si la calidad del agua es pobre, así que en realidad no tenían esa cualidad". Muchos años más tarde, Rowling creó una criatura que sí tenía esa cualidad. "El occamy es una criatura coranáptica que da mucho miedo, pero al mismo tiempo resulta cautivadora", explica. "Tuve que acuñar esta palabra porque concebí una criatura capaz de encogerse o crecer según el espacio disponible".

"Es mi nueva palabra favorita", dice Eddie Redmayne. El actor tuvo una larga conversación con un profesor de dicción para saber cómo pronunciarla.

UNA PEQUEÑA FORTUNA

Los occamys nacen de unos huevos cuya cáscara está hecha de plata y vale una fortuna, de modo que la especie corre peligro de extinción.

VUELO CANCELADO

Los primeros diseños para el occamy, realizados por el artista conceptual Rob Bliss, incluían múltiples alas. "En algunas partes del guion pensamos que lo veríamos volar por la ciudad", dice Pablo Grillo. "Sería fantástico crear la silueta de esta criatura con todas esas alas extendidas por el cielo". En su lugar, el occamy acabó metido en una habitación, aparece solo en la secuencia del almacén de los grandes almacenes. "[Las alas] no encajaban con el propósito de tenerlo encerrado en los grandes almacenes, porque nunca se las vería", dice Christian Manz. "Así que las reservamos para el ave del trueno". El occamy evolucionaba más hacia una serpiente, con cabeza de ave de presa, llena de plumas. "Fue difícil dar con el aspecto adecuado de esta criatura", dice Dermot Power. "Tenía que parecer elegante y misteriosa, pero también debía mostrar un fuerte lado maternal cuando se veía amenazada. Para mostrar su actitud amenazada, queríamos que las plumas del Occamy tuvieran una cualidad animada e iridiscente, así que nos inspiramos en los pavos reales. También nos fijamos en las sepias y los camaleones, por el dibujo cambiante de su piel". Los animadores también tomaron como referencia a los colibríes para la cabeza y las alas del occamy. El plumaje del cuello de un colibrí se superpone de manera parecida a las escamas del pescado, lo que parece apropiado para el occamy.

DISEÑO GRÁFICO DE MINALIMA

EL DEMIGUISE QUE DESAPARECE

"EL DEMIGUISE TIENE LA CAPACIDAD DE VOLVERSE INVISIBLE, ASÍ QUE SU PELAJE SE UTILIZA PARA FABRICAR CAPAS DE INVISIBILIDAD", EXPLICA EDDIE REDMAYNE.

Newt Scamander ha rescatado a un demiguise llamado Dougal, pero debe recuperar a la criatura cuando esta se escapa de su maleta. "Esto resulta un pelín complicado, porque el demiguise puede desvanecerse a voluntad", explica Redmayne, "y además tiene la capacidad de ver el futuro. Así que puede predecir lo que va a hacer la gente, lo que hace que atraparlo sea una pesadilla".

El hecho de que los fans por fin pudieran ver a la criatura que proporcionaba el material para fabricar una capa de invisibilidad, uno de los objetos más importantes en la historia de Harry Potter, elevó el listón para los diseñadores. Los animadores se inspiraron en un personaje muy querido de *Harry Potter y el misterio del príncipe*. "David Yates tenía muchas ganas de representar al demiguise como un viejo hombre sabio", dice el supervisor de efectos visuales Tim Burke. "Y, cuando intentamos meternos en su personaje, David sugirió a Jim Broadbent, que había interpretado al profesor Horace Slughorn en las películas de Potter. En algún momento incluso llegamos a sopesar la posibilidad de rodar algunas tomas de referencia con él. Nos metimos en el espíritu de este anciano que hablaba solo y plasmamos eso en la personalidad y carácter del demiguise".

Crear el "aspecto" de invisibilidad podría parecer fácil: bastaría con no mostrar a la criatura. Pero el truco reside en que el Demiguise pasa de visible a invisible. Para eso, los artistas se inspiraron en el trabajo fotográfico de Liu Bolin. Bolin es conocido como "El hombre invisible", puesto que camufla a sus modelos con el entorno de la foto, lo que hace que desaparezcan como un camaleón. "Lo genial es que, cuando te mueves a su alrededor", dice Burke, "con un ligero cambio de perspectiva ves la diferencia en el relieve. De pronto te das cuenta mediante la perspectiva de que hay algo ahí. Y desarrollamos esa idea para crear la invisibilidad del demiguise cuando se confunde con el fondo. Solo te das cuenta cuando la cámara se mueve".

CUIDADO CAPILAR

El demiguise es una mezcla entre un primate y un oso perezoso, con ojos grandes como los de un búho. Tiene el cuerpo cubierto de pelo largo y plateado. El equipo de efectos visuales se encontró con un reto para hacer que el pelo resultara creíble no solo en los primeros planos, sino también cuando corre a toda velocidad y su pelo ondea al viento. Para lograrlo, los animadores utilizaron una herramienta para pelajes llamada furtility.

CAPTURAR A LAS CRIATURAS

Dougal el demiguise y el occamy recién nacido vuelven a la maleta en el almacén, que se construyó en el estudio de Leavesden. “Otra cosa que me encanta de la escritura de Jo”, dice Eddie Redmayne, “es que no solo ha creado la relación de Newt con los animales, sino también la relación entre los propios animales. Al demiguise le encantan los occamys, hace de canguro con ellos. Cuando uno de los occamys se escapa, el demiguise sale al mundo real, que es un lugar aterrador para Dougal. Sale para asegurarse de que el occamy recién nacido está bien”.

UNO PARA LA TETERA

La secuencia para capturar al occamy, que ha crecido tanto que ocupa todo el espacio del almacén, fue más complicada aún porque hubo que rodarla de forma secuencial. “A medida que el occamy iba poniéndose nervioso y destruía cosas, nosotros teníamos que destruir literalmente el decorado”, explica Tim Burke. “Cuando se asusta, no es agresivo, pero cuando tiene miedo, al ser tan grande, resulta torpe, y esa torpeza implica que rompe muchas cosas a su paso”. El almacén sufre severos desperfectos hasta que Newt consigue capturar a la criatura con ayuda de Tina, Jacob y Queenie, y la guarda en una tetera.

TE ROBARÁ EL CORAZÓN

“El demiguise puede ver diferentes versiones del futuro, lo que significa que puede predecir quién es más susceptible de atraparlo”, dice el director David Yates. “Por lo tanto, la persona menos probable es la que más probabilidades tiene de atrapar al demiguise”.

DAN FOGLER LLEVABA UNA MOCHILA CON PESO PARA PODER SENTIR AL DEMIGUISE MIENTRAS ENSAYABA.

El cuarteto tiene que conseguir meter al demiguise y al occamy dentro de la maleta de Newt, pero Eddie Redmayne asegura que suceden más cosas en ese momento. “Envía a Jacob y a Queenie en una dirección mientras Tina y él se acercan al demiguise”.

“Para sorprenderlo, Newt tiene que parecer relajado e impredecible, pero el demiguise lo conoce; ya imagina lo que va a hacer. Así que Newt le pide a Tina que se comporte de manera informal. Que le tocará a ella atrapar al demiguise, porque la conoce menos”. Redmayne considera que este es un momento importante entre Newt y Tina. “Creo que Newt no solo está intentando encontrar al demiguise, sino que inconscientemente empieza a disfrutar de la cercanía de Tina”, dice el actor.

Durante la persecución tras el demiguise y el occamy, Jacob también tiene un momento especial, pero no con Queenie, sino con Dougal. “Jacob se hace muy amigo del demiguise”, dice Dan Fogler. “Por alguna razón, hay algo en su naturaleza que permite al animal percibir que no supone una amenaza. Así que viven momentos muy bonitos cuando se desata el caos y el demiguise salta a sus brazos. Y yo pienso, ‘No pasa nada, amigo. Todo saldrá bien”.

Durante los ensayos de la escena, los actores solían tener una marioneta con la que trabajar antes de las tomas finales. “Pero sacan a la marioneta de plano, así que nos ves ahí, imaginándonos a esas criaturas, haciendo todo tipo de pantomimas para que parezca que realmente están ahí”, dice Fogler. “Es muy bonito ver a Newt interactuar con las criaturas y Eddie lo hace de maravilla”.

BANQUETE PARA RECAUDAR FONDOS

CENA DE GALA CON ROPA VINTAGE Y COCHES DE ÉPOCA

Para apoyar la campaña de reelección de su hijo como senador de Nueva York, y tal vez como futuro presidente de Estados Unidos, el dueño del periódico Clarion y magnate editorial Henry Shaw padre celebró una cena para recaudar fondos en el Ayuntamiento. Al evento acudió la élite neoyorquina.

El banquete de Shaw fue una de las pocas secuencias que no se rodó en los Estudios Leavesden. Tras examinar la ciudad de Nueva York y otras localizaciones, el diseñador de producción Stuart Craig encontró la ubicación adecuada en Liverpool. "Antes había cierta influencia cruzada entre Liverpool y Nueva York debido al comercio trasatlántico. Liverpool era una ciudad portuaria cosmopolita y próspera, como lo era Nueva York", explica Craig. "Era boyante y tenía el mismo dinero que estaba disponible en Estados Unidos y la confianza optimista para construir estos preciosos y enormes edificios; un espíritu muy americano". Craig eligió St. George's Hall, un imponente edificio público de estilo neoclásico, como Ayuntamiento de

PARA EL SENADOR HENRY SHAW

Nueva York.

"Estaba muy emocionado por llevar *Animales fantásticos y dónde encontrarlos* a una ciudad que me trae muy buenos recuerdos", dice el productor David Heyman. "Mi madre es de Liverpool y, de pequeño, solíamos ir a visitar a la familia allí. La arquitectura de esta preciosa ciudad encajaba a la perfección en la película".

Se recreó la planta de St. George's, que después recubrieron con enormes baldosas. Encima colocaron filas y filas de mesas redondas con manteles blancos, rodeadas de sillas de falso bambú negro. Abundaban las banderas americanas por toda la estancia. "Era asombroso", dice Josh Cowdery, (senador Shaw). "Las mesas quedaron perfectas. Todo el mundo iba vestido como en los años veinte. Todos interpretaban un personaje. Esa cantidad de detalles hizo que resultara más fácil creerme que estaba dando un discurso de verdad", añade. "Si hubiera sido solo una pantalla verde y cinco tipos delante de mí, para luego añadir el resto digitalmente, me habría resultado más difícil".

LA FOTO PERFECTA

Josh Cowdery era consciente de que habría un gran retrato de la cara del senador Shaw en la sala, porque lo había leído en el guion. Lo que en cambio no sabía era lo grande que sería y cómo lo habían hecho. "El primer día que lo vi, di por hecho que habrían usado una especie de impresora gigante. Después, al segundo o tercer día, lo vi de cerca y me pareció que tenía unos detalles increíbles. Advertí que era un lienzo y vi lo que parecían ser pinceladas, así que acudí a David [Yates] y le pregunté si lo había pintado alguien. Y él empezó a reírse". Cowdery se quedó perplejo. "Alguien había colgado el lienzo en un estudio y, con una foto en la mano, había pintado mi cara, con una altura de quince metros. Es inmenso y divertido; sé que a mi madre le gustaría".

El retratista Barnaby Gorton, que también pintó el retrato de la presidenta Picquery en el MACUSA, tenía como referencia a Cowdery e imágenes de los carteles de campaña de Franklin Delano Roosevelt de los años cuarenta. De hecho, "necesitábamos dos retratos del senador Shaw", explica Gorton, "por si acaso el primero quedaba dañado al caer". Cuando la estancia resulta atacada por la fuerza maligna que ha estado sembrando el pánico por la ciudad, el cartel se suelta, cae sobre el senador Shaw y lo mata. "Hacer solo un cuadro de ese tamaño es impresionante", dice Gorton. "Hacer dos… ¡guau!".

DOBLES POR LOS AIRES

El hermano del senador Henry Shaw, Langdon Shaw (Ronan Raftery), había llevado previamente a la familia Barebone a las oficinas del Clarion para informar a su padre de que tenían una importante historia que contar, asegurando que los altercados en la ciudad eran cosa de brujería. Henry padre les dijo que se fueran, pero Henry hijo lo empeoró al llamarlos bichos raros y decirle a Credence que tirase un panfleto a la basura, "donde deberían estar todos".

Durante la cena del senador Shaw, el obscurus destroza el interior del Ayuntamiento y hace que los invitados a la gala salgan volando como si fueran hojas en otoño. "Queríamos que los dobles de acción golpearan las mesas con fuerza y salieran disparados con energía", dice la coordinadora de dobles Eunice Huthart. "No era algo que pudieran hacer por sí solos". Muchos hombres y mujeres estaban sujetos a cables que tiraban de ellos. Huthart dijo que la escena era "el sueño de cualquier equipo de dobles de acción. Teníamos a gente volando de un lado a otro, estrellándose contra las mesas". Las sillas y las mesas eran de espuma rompible, claro. "Quedó muy bien", dice Huthart. "Lo hicimos en tres tomas. Yo había apostado con el encargado de los cables, que decía que harían falta tres. Yo dije cuatro. Me habría gustado llegar a cuatro", asegura con una sonrisa. "Es que me gusta romper cosas".

GRAVES DETIENE A LOS POSIBLES SOSPECHOSOS

UNA EMPLEADA DEL MACUSA Y UN VISITANTE EXTRANJERO HAN SIDO PUESTOS BAJO CUSTODIA COMO POSIBLES SOSPECHOSOS POR PROVOCAR LA FUERZA MÁGICA QUE AMENAZA CON EXPONER A LOS MAGOS FRENTE A LOS NOMAJS.

Tras recuperar al erumpent, Tina se lleva la maleta de Newt (con Newt y Jacob dentro) para mostrársela a la presidenta del MACUSA y, sin pretenderlo, termina enseñándosela a toda la Confederación Internacional de Magos, que se preguntan qué fuerza mágica habrá asesinado al senador Shaw. Tina explica que dentro de la maleta hay criaturas mágicas, algunas de las cuales han escapado, y, cuando Newt y Jacob salen de ella, se da por hecho que la asesina es una de las bestias de Newt. Pero él sabe que no es así. Al ver las marcas en la proyección del cuerpo de Shaw, que flota sobre la asamblea, asegura que ha sido asesinado por un obscurus. Picquery niega que pueda haber un obscurial en América y ordena a Graves que confisque la maleta y arreste a Newt y a Tina. También encarcelan a Jacob, supuestamente para desmemorizarlo.

GRAPHIC DESIGN OF ADVERT BY MINA LIMA

EL INTERROGATORIO PODRÍA ARROJAR LUZ SOBRE LA MISTERIOSA FUERZA QUE ASEDIA LA CIUDAD

Newt y Tina son conducidos hasta una sala de interrogatorios cuadrada y con paredes de metal donde Graves repasa el historial de Newt y siente especial curiosidad sobre la expulsión de Newt del colegio Hogwarts por poner en peligro una vida humana con una bestia. Se pregunta por qué uno de sus profesores, Albus Dumbledore, se mostraría contrario a su expulsión. ¿Qué hace que Dumbledore le aprecie tanto? También sugiere que Newt liberó a las criaturas de forma deliberada para exponer al mundo mágico y provocar una guerra. Newt entiende su acusación implícita: que esto podría haber provocado una matanza en masa por el bien común. Pero Newt asegura no ser seguidor de Grindelwald, que busca una guerra entre magos y nomajs "por el bien común".

Newt contempla horrorizado que Graves ha sacado al obscurus de su maleta y está fascinado por él. Para tranquilizar a Tina, le explica que no podría hacer daño a nadie en su forma actual. Cuando Graves le pide que le confirme que el obscurus es inservible sin un huésped, Newt responde con otra pregunta: "¿Para qué diablos querría utilizarlo?".

El interrogatorio termina cuando Graves acusa a Newt de intentar quebrantar el Estatuto del Secreto y los sentencia a muerte a Tina y a él.

MOMENTOS DE GLORIA

Pickett el bowtruckle tiene la oportunidad de demostrar su lado más valiente cuando fuerza las cerraduras de las esposas de Newt y lo libera para desarmar a las ejecutoras. Newt libera al mal acechador también. Por desgracia, cuando la varita de una de las ejecutoras cae en la piscina, provoca que los recuerdos de Tina se vuelvan oscuros y tristes, pero por suerte la rescata de ese estado de trance. Utilizando el lomo del mal acechador cuando pasa volando por delante, Tina salta a los brazos de Newt.

Al mismo tiempo, los poderes de Queenie como legilimens le permiten saber que su hermana y sus amigos están en un aprieto. Consigue tomar a Jacob bajo su custodia, recuperar la maleta de Newt y abandonar el MACUSA con Tina, Jacob y Newt dentro de ella tras utilizar sus encantos con un aturdido Abernathy.

EN LA CELDA DE LA MUERTE

Newt y Tina son esposados y conducidos a la Cámara de la Muerte, en la que solo hay una silla suspendida mágicamente sobre una piscina cuadrada llena de un líquido negro.

"Imagino que la Cámara de la Muerte fue algo bastante inesperado", dice Stuart Craig. "Se encuentra en las entrañas del edificio, por debajo de los pisos del sótano, en la base. El techo está compuesto de enormes vigas de hierro forjado, que son los cimientos del edificio. Eso da la sensación de que estás a mucha profundidad, lo que beneficia las connotaciones siniestras y secretas del lugar".

Craig y el director David Yates querían que la estancia tuviera un aspecto de clínica. Las paredes son como de mármol blanco, "como una morgue", dice Craig, "o un lugar destinado a autopsias. Es un ejercicio de brutalidad arquitectónica". El supervisor de efectos visuales Christian Manz tiene sus propias impresiones sobre la habitación y su utilización. "Es difícil decir que no es bonita, pero la escena de la Cámara de la Muerte para mí fue fría y rara, probablemente un shock para el público. Resulta muy dura y siniestra; todos se muestran siniestramente amables, aunque van a matarte".

Cuando comienza el procedimiento, la ejecutora usa su varita para extraer los recuerdos agradables del cerebro del acusado y los lanza al líquido. "El diseño inicial se inspiró en una instalación de la Saatchi Gallery [en Londres] en la que había petróleo en cuya superficie se reflejaba todo a la perfección", dice Manz, que creó la piscina digitalmente. "Utilizando el lenguaje que la gente recuerda de las películas de Potter, tenemos una especie de pensadero, con fragmentos que flotan por la superficie, en la que pueden verse los recuerdos".

Los buenos recuerdos se emplean para tranquilizar al prisionero, persuadiéndolo para que se siente en la silla. Cuando Tina flota por encima de la piscina, vemos imágenes de su infancia con Queenie antes de que sus padres murieran. Otro de los buenos recuerdos de Tina revela lo que ocurrió para que la degradaran de su puesto como auror: salvó a Credence de los golpes de Mary Lou.

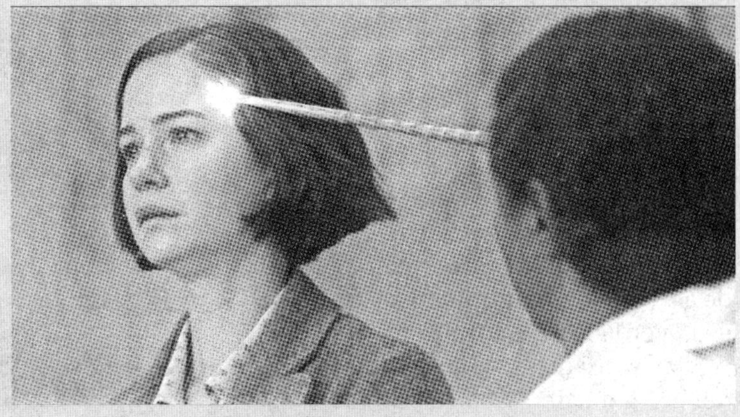

ASESINADOS DOS MIEMBROS DE LA SFNS

Mary Lou Barebone, líder de la Sociedad Filantrópica New Salem, ha sido encontrada muerta hoy en el interior de la Iglesia del Segundo Salem. Su cuerpo estaba cubierto por unas cicatrices similares a las que pudieron verse en el cuerpo del senador Henry Shaw hijo tras ser asesinado por un obscurus durante la cena para recaudar fondos celebrada en el Ayuntamiento.

Percival Graves, Director de Seguridad Mágica del MACUSA, que se encontraba en las inmediaciones de la escena del crimen, comprobó que el edificio había sido destruido. Fue entonces cuando se descubrieron los cuerpos de Mary Lou Barebone y su hija mayor adoptiva. Aún se desconoce el paradero de los otros dos hijos adoptivos de Barebone; su hijo, Credence, y su hija pequeña, Modesty.

DEFINIENDO AL *OBSCURUS*

DESCUBIERTA UNA MISTERIOSA FUERZA OSCURA

La Presidenta del MACUSA, madame Seraphina Picquery, ha anunciado que la fuerza oscura que estaba provocando destrozos por la ciudad y amenazando con la exposición ante los nomajs ha sido erradicada. La entidad resultó ser un obscurus.

"La historia va de que unos animales fantásticos se escapan de la maleta de Newt y nuestros personajes tienen que recuperarlos", dice el director David Yates, "pero la verdadera historia trata de esa otra bestia que existe en el interior, una bestia misteriosa hasta que llega el final de la película. Creo que esa es la verdadera historia".

"La verdad es que Credence es mágico y ha estado reprimiendo su magia", explica Ezra Miller. "Las fuerzas del universo se unen en una forma física, que es un obscurus, y ese obscurus al principio se acerca al obscurial de forma amistosa, le anima, cada vez con más insistencia, a vivir su verdadera identidad y dar rienda suelta a su poder. La idea del obscurus es que, si sigues reprimiendo tu verdad, se vuelve feo. Se convierte en algo destructivo y, llegado ese momento, ya no puedes huir de lo que eres realmente, y tampoco puedes escapar de las cosas que te dan miedo".

"Es algo que yo sé", continúa Miller. "Es algo que creo que mucha gente experimenta en su vida, y al final esas cosas acaban atrapándote. Y, si lo reprimes, cuando te atrape tendrá peores consecuencias, será más difícil afrontar esa realidad".

LA CREACIÓN DEL OBSCURUS

"Es difícil saber si el obscurus es una criatura o no", dice Pablo Grillo. "Es la personificación de la magia retorcida y reprimida de Credence. Se describe como una masa negra, una fuerza oscura. Una forma ambigua y cambiante, que podría ser de cualquier tamaño, pero que debía transmitir su rabia interior, su furia y su confusión. Poder expresar esos sentimientos mediante una masa ambigua es un gran desafío".

"[El obscurus] supuso un largo camino", admite Tim Burke. "En realidad no sabíamos lo que era. No se parecía a las demás criaturas, con las que podíamos dibujar cosas y después convertirlas en maquetas y animarlas. Esta cosa no tenía forma. Era rabia, era ira. Así que, como habitualmente, tratamos de buscar referencias sobre cómo podría moverse, pero en realidad era el personaje de Ezra el que conducía al obscurus".

Y Ezra Miller representó un papel importante a la hora de dar con la versión definitiva del obscurus. "Le pedí a Ezra que nos permitiese sacarle unas fotos como referencia", explica Burke. "Estábamos en un estudio vacío y yo llevaba la cámara. Y entonces Ezra me preguntó si podía representarlo tal y como lo veía él. Íbamos a sacar solo unas fotos, pero en su lugar lo grabamos. Ofreció una interpretación asombrosa y terrorífica, gritando y zarandeándose. Era rabia e ira en estado puro, con un increíble sonido gutural", recuerda. Miller quedó agotado pasados solo tres minutos.

"Lo montamos y lo reprodujimos a diferentes velocidades, y hacia atrás. David Yates ni siquiera sabía que Ezra había hecho eso", continúa Burke. "Cuando se lo mostramos, se quedó asombrado y dijo, 'Vaya, este es nuestro obscurus'. Ezra nos ayudó mucho con sus movimientos y su vocalización. Su interpretación dio verdadera personalidad al obscurus, aunque fuese una cosa abstracta".

"EL OBSCURUS NO SE PARECÍA A LAS DEMÁS CRIATURAS"
- TIM BURKE

Después la interpretación de Miller se convirtió en una forma animada. "El obscurus era una forma cambiante y membranosa a la que seguían después el resto de partículas", dice Burke. Se crearon herramientas específicas para el obscurus, pues tenía que moverse de forma diferente en los distintos espacios, como Times Square, el metro, o por el aire.

REVELAR EMOCIONES

Otro tema sobre el aspecto y los movimientos del obscurus era que tenía que transmitir emoción, "de modo que, cuando está enfadado, tiene un interior temperamental mientras destroza cosas", explica Tim Burke. "Luego, cuando Tina habla con él, se calma, como si estuviera escuchándola, y se convierte en una especie de obra de arte en forma de escultura. Es precioso, hipnótico; desde luego no son los clásicos efectos visuales de una película".

Si el equipo de efectos visuales quería que este objeto amorfo transmitiera emociones, lo consiguió. "Una persona del público, tras una de las primeras proyecciones, me dijo que jamás pensó que podría desarrollar sentimientos por una masa negra e informe".

PELEA DE AURORES EN EL METRO DEL AYUNTAMIENTO

El Equipo de Investigación al completo, acompañado por otros aurores del MACUSA, entró en la estación y se enfrentó a la fuerza mágica que ha estado causando destrozos en el bajo Manhattan, contra no solo las fuerzas de Newt y Tina, sino también de Graves. Al final de la batalla , se cree que fue eliminado.

Perseguido por Newt, que corrió por las azoteas intentando desviar a los aurores que intentaban matarlo, el obscurus se abrió paso por las calles de la ciudad, dejando escaparates destrozados y coches volcados. Tras un enfrentamiento con la policía de Nueva York, el obscurus se introdujo en el suelo frente a la entrada de la estación de metro del Ayuntamiento.

La estación del Ayuntamiento se construyó en 1904, pero cerró al público después de 1945, ya que la estación de Brooklyn Bridge era más grande y acogía a más viajeros. La estación destacaba no solo por sus tragaluces de plomo y lámparas de araña, sino por carecer de una sola línea recta. La arquitectura interior reflejaba eso, con techos abovedados y entradas curvas. Al ser la última estación de su línea, el tren daba la vuelta en el Ayuntamiento para volver a subir.

"Esa estación del Ayuntamiento aún existe, pero no se permite el acceso", dice Stuart Craig. "Solicitamos permiso para sacar unas fotografías y nos lo denegaron. Supongo que habrá algún motivo de seguridad, y es una explicación perfectamente válida".

"La documentación es mucho más fácil hoy en día: basta con buscar online", continúa Craig. "Ha transformado nuestro trabajo por completo, así que fue bastante fácil documentarnos". Craig y el resto de diseñadores recurrieron a fotografías, archivos e incluso novelas para encontrar descripciones de la estación. "Fuimos bastante fieles en la producción del metro. El estilo es art decó de la primera época, posee credibilidad porque es impermeable, como los túneles; lugares húmedos y subterráneos. Conservamos el nombre y creamos un amplio vestíbulo abierto con un túnel que llega hasta allí y acaba hecho pedazos en el momento final", como dice Craig, con "destrucción y violencia por todas partes".

ATENCIÓN A LOS DETALLES

El decorado de la estación de metro del Ayuntamiento incluye una placa como las que colgaban en las estaciones de Nueva York, donde figuraban las personas encargadas de construirlas y gestionarlas. En la placa de la estación aparecen los nombres del departamento de arte.

EL DIRECTOR DE SEGURIDAD MÁGICA FUE UTILIZADO COMO CAMUFLAJE

GRINDELWALD CAPTURADO

¿DÓNDE ESTÁ PERCIVAL GRAVES?

Tras la destrucción del obscurus, Graves comenzó a emplear una retórica en contra del Estatuto, cuestionando a quién protege esa ley. "Una ley que hace que nos escabuliamos como ratas en las cloacas. Una ley que exige que escondamos nuestra verdadera naturaleza. Una ley que obliga a aquellos bajo su dominio a encogerse de miedo para no ser descubiertos". Graves declaró que se negaría a seguir doblegándose.

Pese a que la presidenta Picquery pidió a los aurores que liberaran a Graves de su varita, este no obedeció y comenzó a lanzarles hechizos. Graves parecía llevar ventaja, pero de pronto Newt Scamander, el magizoólogo de quien se sospechó en un principio que pudiera haber causado los destrozos, liberó a una de sus criaturas, conocida como mal acechador. Esta protegió a los aurores el tiempo suficiente para que Scamander pudiera atrapar a Graves con una cuerda de luz e inmovilizarlo hasta que Tina Goldstein, antigua auror del MACUSA, pudo arrebatarle la varita. Fue entonces cuando Scamander empleó un hechizo Revelio y Graves se transformó en Grindelwald.

UNA REFRESCANTE LLUVIA EMPAPA LA CIUDAD

AVE DEL TRUENO: UNA OPORTUNIDAD DE DESMEMORIZAR A LA POBLACIÓN NOMAJ

Aunque Gellert Grindelwald fue capturado, madame Picquery debía gestionar la elevada exposición a los nomajs provocada por la excesiva cantidad de actividad mágica causada por el obscurus, y especialmente en la última batalla, tras la cual fue detenido Grindelwald. A sus ojos, resultaba imposible desmemorizar a toda la ciudad, pero recibió la ayuda de Scamander.

LOS ORÍGENES DE FRANK

"La idea del ave del trueno mágica vino en parte del amor por los pájaros que siente J.K. Rowling, como vimos con el fénix de Dumbledore, Fawkes, en la historia de Harry Potter. Además, el ave del trueno es una criatura importante en el folclore de los nativos americanos, según el cual la criatura podría transportar lluvia en el lomo.

"Las aves del trueno son muy valiosas, y con ese ejemplar habían traficado en Egipto, donde Newt lo encontró", continúa Redmayne. "De modo que lo lleva de vuelta a Estados Unidos para liberarlo en su Arizona natal. Quiere devolver a Frank al lugar al que pertenece".

EL DESPEGUE

Originalmente, los animadores habían diseñado al occamy con la idea de ponerle múltiples alas; idea que cambió cuando el guion limitó a la bestia a escenas dentro de un almacén. "De modo que dimos al occamy aspecto de dragón y decidimos usar las alas múltiples para el ave del trueno", explica Pablo Grillo.

"Dado que el ave del trueno enmarca la película, ya que el verdadero propósito de Newt es dejarlo en libertad, nos parecía importante que tuviera cierto aplomo y nobleza", explica. "Nos inspiramos en el águila calva, con esa dignidad y nobleza que tienen las aves de presa. Increíble, señorial y, gracias a las múltiples alas, con un vuelo precioso".

Uno de los desafíos para los artistas visuales era concebir la manera en que los cuatro pares de alas de la criatura se plegarían en torno a su cuerpo. "Además queríamos añadir algo que lo hiciese más fantástico", dice Dermot Power. "La idea nos vino gracias al nombre de la criatura". Power creó bocetos en los que se veía su carácter estruendoso. "Reflejaba nubes de tormenta y se le oscurecían las alas al liberar su energía".

"La circulación sanguínea a través de las plumas crea la impresión de unas nubes de tormenta que recorren su

CONTINÚA EN LA PÁGINA 79

PRIMERAS Y ÚLTIMAS IMPRESIONES

Cuando Newt Scamander metió a Jacob en su maleta para mostrarle sus bestias, Frank fue el primero al que vio. "De nuevo, una genial idea por parte de Jo [Rowling]", dice Redmayne. "El ave del trueno tiene la capacidad de sentir el peligro, y su estado de ánimo se refleja en el clima que surge bajo su cuerpo. Así que, si está asustado o emocionado, llueve".

"Frank es una criatura preciosa con la que cerrar la película", dice Pablo Grillo. "Desempeña un papel fundamental: vuela y esparce una poción que hará que toda Nueva York olvide lo que acaba de ver. Cierra la película de una manera hermosa, porque al final, el objetivo de Newt al ir a América era devolver a ese animal a su estado natural, y fue bonito mostrarlo. Creo que es un gran símbolo, transmite la esperanza de que todo irá bien".

MAGIA PARA UN DIA DE LLUVIA

Frank está emocionado con el regreso de Newt, y eso lo expresa con un súbito aguacero. Eso trajo consigo otra mágica aportación del actor. "Se me ocurrió que podía usar la varita como paraguas", dice. Cuando Redmayne se lo sugirió al director David Yates, este le dijo: "Me encanta, adelante". La idea de que una varita puede proteger a un mago de los elementos se utiliza de nuevo al final de la película, cuando Queenie sale a la calle para despedirse, entristecida, de Jacob Kowalski, antes de que este se empape con la lluvia, aunque no sin antes sugerirle que deberían irse a algún sitio y estar juntos.

VIENE DE LA PÁGINA 78

cuerpo", dice Christian Manz. "Y, cuando genera luz solar, sus alas actúan casi como una ventana de cristal esmerilado a través de la que pasa la luz. Él no genera directamente la lluvia, pero, cuando vuela y bate las alas, atrae el vapor de agua, creando nubes y, por lo tanto, lluvia".

CRÍTICA DE ÚLTIMA HORA:

LA PASTELERÍA DE KOWALSKI

Un nuevo negocio ha abierto en el Lower East Side de Nueva York: la pastelería Kowalski, regentada por el nomaj Jacob Kowalski. La fachada del edificio recuerda a los muchos negocios regentados por inmigrantes que abrieron a principios del siglo XX, en particular la pastelería Vesuvio, que mostraba sus panes y pasteles en dos amplios escaparates bajo un toldo festoneado.

Como el resto de nomajs de Nueva York, Jacob Kowalski ha olvidado el ataque del obscurus y los destrozos causados por este gracias a la lluvia con extracto de veneno de mal acechador. Alienado en la fábrica de conservas, su suerte cambia con un regalo que le hace Newt Scamander: cáscaras plateadas de huevos de occamy que le conseguirán el préstamo bancario. Esto permite a Jacob abrir por fin su pastelería. “Pero existe cierta memoria subliminal que se transmite en los dulces y los panes que hornea”, dice el atrecista Pierre Bohanna. Junto a los bollos tradicionales, se venden dulces en forma de demiguise, escarbato, erumpent y occamy. “Nos divertimos mucho fabricando estos dulces con las formas de las criaturas”, recuerda Bohanna. “Pero obviamente no eran de verdad”. Los diseñadores de decorados y atrecistas habían aprendido la lección después de abastecer de comida los banquetes del gran comedor en las películas de Harry Potter: los productos horneados y las luces calientes no forman una combinación comestible. “Estos son moldes sintéticos. Pero son obras de arte con acabados y texturas muy convincentes. En eso consiste el atrezo”, continúa Bohanna. “Hacer algo así y que quede bien, que sea creíble”.

El negocio va bien y la tienda está abarrotada de gente cuando vemos un destello rosa y Jacob saluda a su última clienta. Es Queenie, radiante y rebosante de alegría. Jacob se toca el cuello y después sonríe.

TRA! ¡EXTRA! ¡EXTRA! ¡EXTRA! ¡EXTRA! ¡EXTRA! ¡EXTRA! ¡EXT

UN AVANCE ENTRE BAMBALINAS DE

ANIMALES FANTÁSTICOS
LOS CRÍMENES DE GRINDELWALD

¡GELLERT GRINDELWALD ESCAPA!

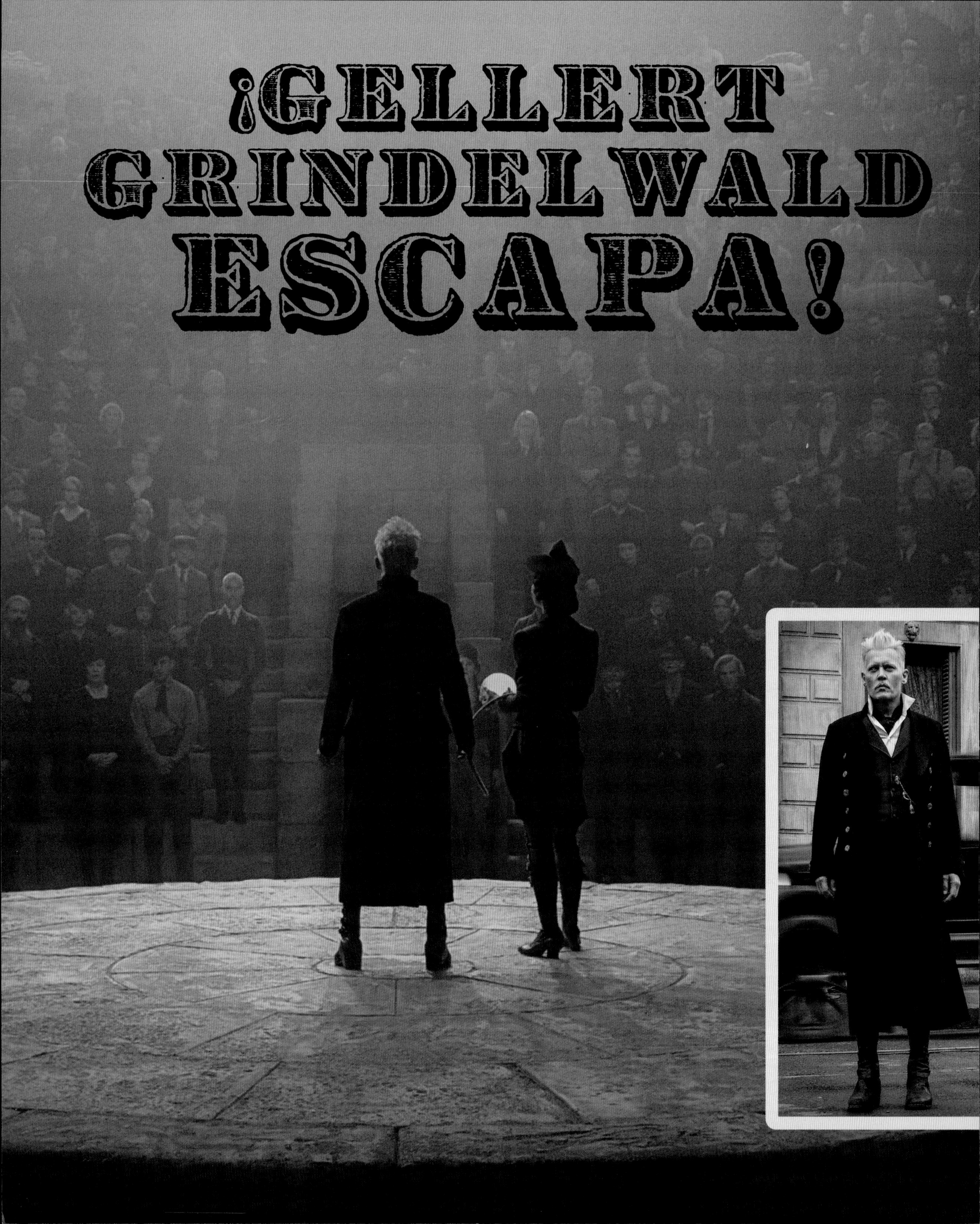

El mago oscuro Gellert Grindelwald ha conseguido escapar de los guardias del Mágico Congreso de Estados Unidos que lo extraditaban a Europa para cumplir condena por sus crímenes.

"Grindelwald es un gran villano y además lo disfruta", dice Alison Sudol. "Es muy divertido ser malo y disfrutarlo". Sudol también advierte que Grindelwald, interpretado por Johnny Depp, es todo un camaleón. "Grindelwald es de una manera con una persona y de otra manera con otra persona", explica, "y obviamente esa es una característica terrible y muy destructiva en un humano, pero resulta muy divertida de interpretar para un actor".

CREDENCE BAREBONE ESTÁ VIVO Y RESIDE EN EUROPA

Credence, el hijo desaparecido de la difunta Mary Lou Barebone, ha sido visto en el Circus Arcanus, que recientemente terminó su espectáculo en Nueva York y ahora está de gira por Europa.

"[Credence] ha roto las cadenas del abuso y la represión", dice el actor Ezra Miller. "Es consciente de su relación con el obscurus y va controlándolo poco a poco para que se manifieste intencionadamente. Parte en un viaje de autodescubrimiento", continúa Miller, "porque muchas cosas que sabía de sí mismo han resultado ser mentira".

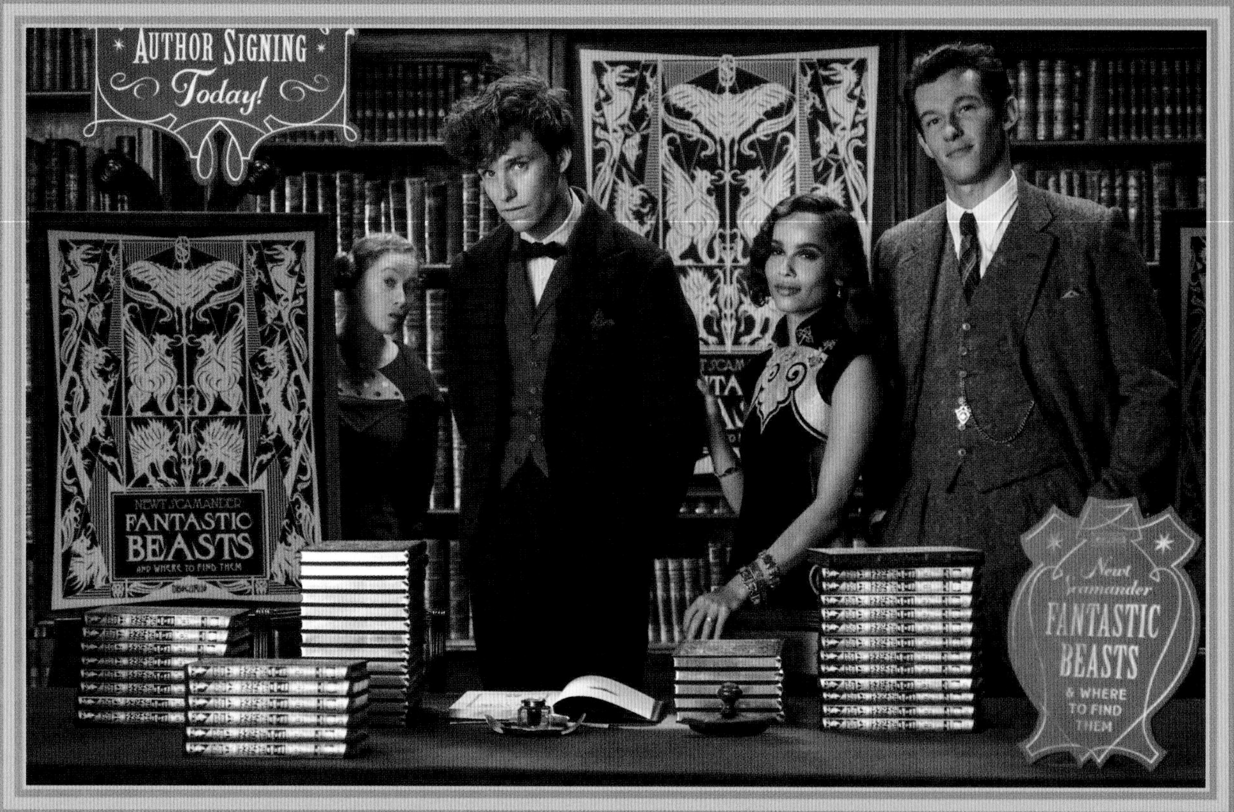

¡SE PUBLICA EL LIBRO DE SCAMANDER

ANIMALES FANTÁSTICOS Y DÓNDE ENCONTRARLOS!

Flourish & Blotts se enorgullece en anunciar el lanzamiento y la firma del primer libro del magizoólogo Newt Scamander, *Animales fantásticos y dónde encontrarlos*, publicado por Obscurus Books. En este evento quedará patente la cruzada del autor para educar al mundo mágico sobre esas extraordinarias criaturas.

"Con la publicación de su libro, Newt se ha convertido en toda una celebridad", dice Eddie Redmayne, "lo que a él le resulta muy incómodo. Newt es un tipo único; su interés por las criaturas y las bestias es único para él, y permanece fiel a su pasión". Redmayne cree que Newt es más lobo solitario de lo que le gustaría admitir y "no quiere ponerse del lado de nadie. Sin embargo, como en el mundo están en juego cosas muy importantes, se ve arrastrado en direcciones diferentes. Parte del viaje de Newt consiste en darse cuenta de que, aunque tenga sus propias pasiones y siempre haya seguido su propio camino en la vida, hay momentos en los que debe decantarse por un bando".

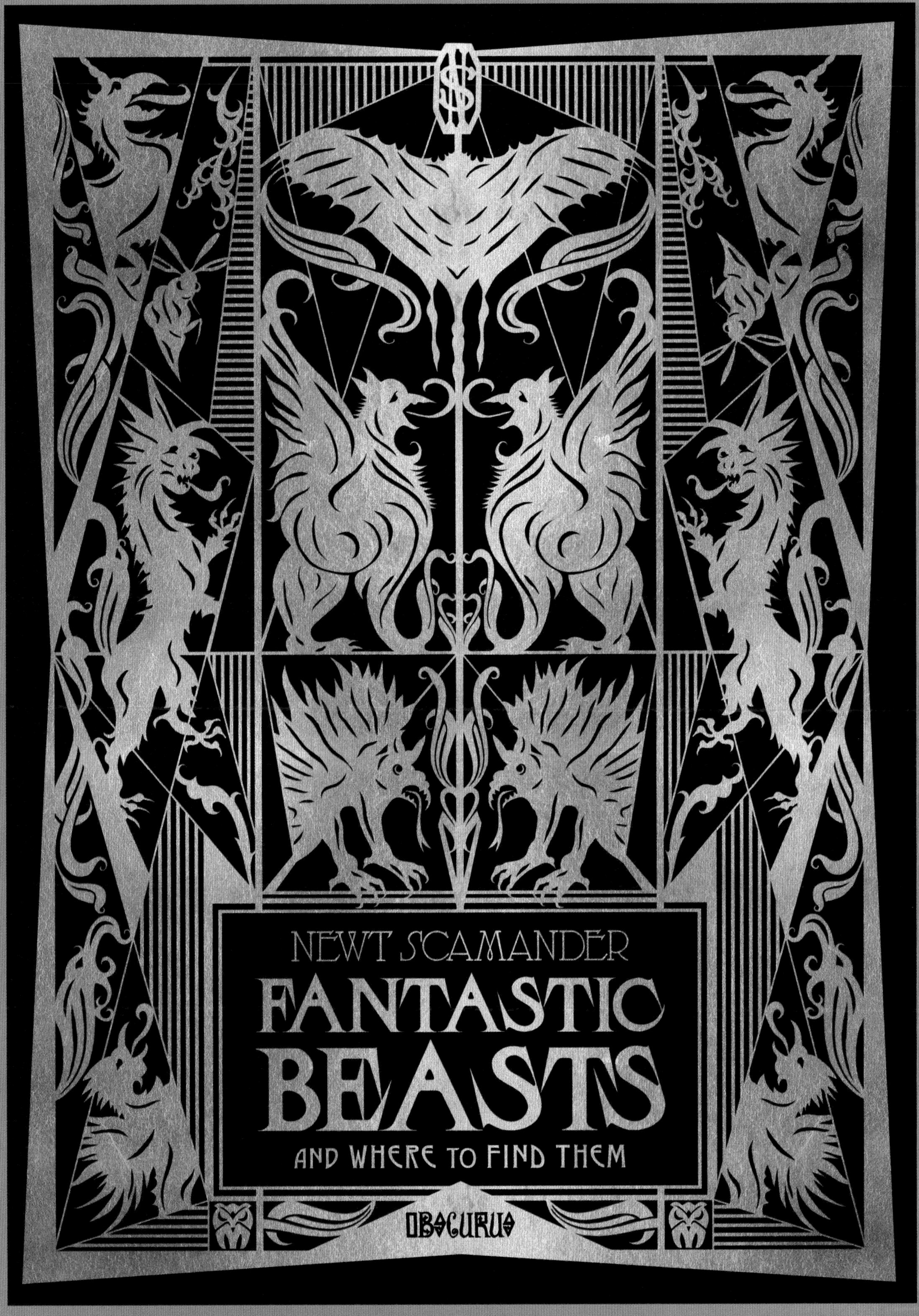
NEWT SCAMANDER
FANTASTIC
BEASTS
AND WHERE TO FIND THEM
OBSCURUS

PORPENTINA GOLDSTEIN
Recupera su puesto de auror en el MACUSA

Como resultado del papel que desempeñó en la captura de Gellert Grindelwald, Tina Goldstein ha sido readmitida como auror del MACUSA.

"Al principio de la segunda película, Tina lleva siendo auror un tiempo y prospera en ese puesto", dice Katherine Waterston. Pero Waterston cree que su personaje aprendió lecciones importantes cuando fue relegada a la Oficina de licencia de varitas. "Aunque estaba nerviosa por su carrera laboral, nunca llegó a perder del todo la confianza en su instinto", explica. "¡El hecho de que hiciera caso a su instinto permitió que arrestaran a Grindelwald! Cuando la vemos ahora, está de nuevo en acción, siguiendo sus pistas para intentar salvar a Credence".

RECOMENDACIONES DE VIAJE: PARÍS 1927

Animales fantásticos: Los crímenes de Grindelwald visita lugares conocidos como Nueva York y Londres antes de viajar a uno nuevo: París. "París en esa época era un lugar extraordinario", dice Eddie Redmayne. "Era donde se reunía un puñado de gente interesante y se forjaban nuevos caminos. Era una época de cambio, un cambio en la moda y en la arquitectura. El art decó daba paso al art nouveau. Era un lugar muy vibrante y colorido". Durante el tiempo que pase allí, Newt Scamander visitará muchas localizaciones mágicas, las cuales hacen su debut en el mundo mágico.

UN JOVEN VIEJO AMIGO COLABORA EN LA BÚSQUEDA DE GRINDELWALD

Los aurores del Ministerio de la Magia visitan Hogwarts, donde Albus Dumbledore es profesor.

Dumbledore está interpretado por el actor Jude Law, que no pudo evitar volver a ver las interpretaciones de Michael Gambon y Richard Harris para documentarse. "Para empezar, suponía una oportunidad evidente de volver a ver todas las películas, lo cual fue muy divertido", asegura. "Y quería ver si había algo que pudiera extraer de ellos, aunque era muy importante para nosotros no crear ese Dumbledore. Estábamos creando al hombre que después se convertiría en ese Dumbledore".

EL RINCÓN DE CUPIDO:

QUEENIE GOLDSTEIN Y JACOB KOWALSKI

Pese al afecto que siente por el pastelero de éxito Jacob Kowalski, Queenie Goldstein es muy consciente de que las relaciones entre mágicos y no mágicos están prohibidas.

"Al final de la primera película, se salta las normas al acercarse a Jacob", dice Alison Sudol. "Porque lleva mucho tiempo leyendo los pensamientos de la gente y jamás se había enamorado de nadie como se enamora de Jacob, y creo que está desesperada por no perder eso. Tal vez esa idea la empuje a no tomar la mejor de las decisiones, cosa que todos hemos hecho en el amor". Dan Fogler admite que es difícil pensar en una relación cuando el mundo mágico está en un momento tan delicado. "Es una olla a punto de explotar", dice. "Hay mucho en riesgo y todo el mundo elige bandos, lo cual hace que las relaciones sean más serias y complejas".

LUMOS AL MINISTERIO DE LA MAGIA:

THESEUS SCAMANDER Y LETA LESTRANGE

Theseus Scamander es el Director del Departamento de aurores del Ministerio de la Magia, muy involucrado en la búsqueda de Gellert Grindelwald, además de ser hermano mayor de Newt Scamander. "Theseus es el polo opuesto de Newt", dice el actor Callum Turner. "Ocupa un puesto importante en el Ministerio y así es como lucha con los buenos. Ambos están del mismo lado, pero luchan de forma diferente. Pese a todo, son hermanos y se quieren".

Leta Lestrange trabaja también para el Ministerio. "Sabía que había una historia entre Newt y ella", asegura la actriz Zoë Kravitz, aunque Leta ahora esté prometida con su hermano. Leta procede de una familia mágica pura. Debido a eso, "Leta es muy complicada", concluye Kravitz con una sonrisa.

UNE LOS PUNTOS DE LA TRAMA

"Lo que me encanta de esta nueva película es el tejido conectivo", dice Eddie Redmayne. "Que esos nombres, esas historias que recordamos de la serie de Potter empiecen a abrirse camino en *Animales fantásticos*, ya sea mediante la aparición de Leta Lestrange o Dumbledore, pasando por la Varita de Saúco y el regreso a Hogwarts, que me encantó. Comprobaremos que la primera película de *Animales fantásticos*, que se desarrollaba tan solo en un par de días, era en realidad parte de una historia mucho mayor".

CORVUS LESTRANGE

LOS ANIMALES FANTÁSTICOS VUELVEN; OTROS NUEVOS HACEN SU DEBUT

Pickett el bowtruckle y el escarbato regresarán a la gran pantalla en *Animales fantásticos: Los crímenes de Grindelwald*. Durante una visita a la casa londinense de Newt Scamander, conoceremos a nuevas bestias. Además, el Circus Arcanus presenta nuevas criaturas, incluyendo una increíble y enorme bestia.